Für Mama, Papa und den besten Typen überhaupt. Ohne euch wär das alles doch nix!
☺

Sandra Elgaß

Mehr Miez im Leben!

Mit Gobbolino und Emily vom Katzennovizen zum Oberdosi in 91 tapsigen Schritten

Impressum

Bibliografische Information der Deutschen Nationalbibliothek: Die Deutsche Nationalbibliothek verzeichnet diese Publikation in der Deutschen Nationalbibliografie; detaillierte bibliografische Daten sind im Internet über dnb.dnb.de abrufbar.

ISBN 978-3-743-13902-2

Fotos & Redaktion: Sandra Elgaß, Volker Best

Covergestaltung: Volker Best

© 2016 Sandra Elgaß

Herstellung und Verlag: BoD – Books on Demand, Norderstedt.

Inhalt

Vorwort: Auf die Katz' gekommen 9
1. Tiere machen die Seele fluffig 10
2. Wenn, dann Katzen! 11
3. Katzen sind korrupt 13
4. Katzenmöbel und Möbel für Katzen 14
5. Konfusion ums Katzenklo 16
6. Zwei Seelen – ach! – in Emmis Brust 18
7. So stellt man den Katzenwecker 20
8. Wir haben die Kontrolle. Nicht. 21
9. „Seid ihr glückliche Katzen?" 23
10. Namen für die Katz' 24
11. Die Entdeckung der Beinsamkeit 26
12. Sprechen Sie, Katze! 28
13. Fressen oder nicht fressen 29
14. Wo ist die Katz'? 31
15. Katzenklo-Sisyphos 33
16. Echte Spielertypen 35
17. Der Wohnungswald 37
18. Der unsichtbare Eierdieb 39
19. Fünf irre Minuten 41
20. Der „Ohrenmann" 42
21. Tatz-Sachen-Bericht 44
22. Der Technikater 46

23.	Tierischer Regentanz	47
24.	Der Rauken-Rabauke	49
25.	Drogen und Spiele	50
26.	Auf Derridas Spuren	52
27.	Kätzischer Komparativ	53
28.	Stubentigers Schandtat(en)	56
29.	Cat in the Box	57
30.	Mag Mieze uns?!	60
31.	Nicht-Party-Miezen?	61
32.	Miez-Management für Minderjährige	63
33.	Partylö… – äh – kater	64
34.	Ein echter Katzenkrimi	66
35.	Miez-Tours empfiehlt: Zuhause bleiben	68
36.	Sabotiertes Packen	69
37.	Mein Reisetagebuch	71
38.	Beleidigte Katzen-Leberwürste?	73
39.	Der Tasta#jkdfsvefjhvf%kater	75
40.	Der beschuhte Kater	76
41.	Problem? Gedöst!	79
42.	Dingeschubsen	80
43.	Bügelbrettflaneure	82
44.	Schwarze Katzenhorrorshow	83
45.	Dr. Schnurr rät …	85
46.	Phantomkatzeritis	87
47.	Tuchtanz à la Gobbolino	88
48.	Interview mit einem Katztier	91

49.	Oh Tannenmaunz	93
50.	Miezmultitasking	94
51.	Still(er)e Nacht	96
52.	Leise rieselt der Pelz	98
53.	Parlez-vous Katzais?	99
54.	Copy-Cat	101
55.	Miezen: „Unerhört!"	102
56.	Fräulein Emmis Gespür für Schnee	105
57.	Die Pipigate-Affäre	107
58.	Ermittlungen im Fall Pipigate	109
59.	Der Umfall-Bericht	110
60.	Katzen an die Macht	112
61.	Der Schmuseruf	113
62.	Die Miezgrantin	115
63.	Die 3-Katzen-Oper	117
64.	Gobbolinos Reisen	120
65.	Die Kostverächter I	122
66.	Die Kostverächter II	123
67.	Der Abwickler	125
68.	Klicken die eigentlich ganz richtig?	127
69.	Die klicken doch nicht ganz richtig!	129
70.	Der Krisen-Stab	130
71.	Heiße Miezen unterm heißen Blechdach	132
72.	Der Miezmob hält dicht	133
73.	Mein Steuerbekater	135
74.	Wach! Jetzt! Auf!	137

75.	Klänge für die Katz'	138
76.	Stiftung Katzentest	141
77.	Pelztierpädagogik	142
78.	Für eine Handvoll Leckerlis mehr	144
79.	Vorsprung durch Kraultechnik	145
80.	Gobbos Tagebuch	147
81.	Mamis wissen's halt	149
82.	Die Bettelprinzessin	150
83.	Kätzchen-Sätzchen	152
84.	Es hat endlich geklickert!	154
85.	Miezfernweh	155
86.	Weniger Wuff, mehr Klassik!	158
87.	Spaghetti Katzonara	159
88.	Wahlfieber – Emilys Programm	161
89.	Wahlfieber – Gobbos Programm	163
90.	Katzen-Karrieristen	164
91.	Sie sind schon unter uns!	166
Nachwort		168

Vorwort: Auf die Katz' gekommen

Gestatten, mein Name ist Sandra Elgaß, und ich bin auf die Katz' gekommen. Genauer genommen auf die Katzen, zwei an der Zahl: den süßen Fratz da oben – ich darf vorstellen: Gobbolino – und seine Mutter Emily. Zwei Jahre lang schilderte ich für eine Regionalzeitung in einer wöchentlichen Kolumne die Erlebnisse mit unseren beiden Miezbewohnern. Da sind einige Geschichten zusammengekommen, die ich hier in überarbeiteter Form noch einmal gesammelt veröffentlichen möchte, ergänzt um die besten Schnappschüsse unserer Fellnasen, von denen es übrigens noch mehr auf meinem Instagram-Kanal gibt. Ich wünsche Ihnen viel Freude damit und freue mich über Ihr Feedback!

- in sandra-elgaß
- 🐦 @sandra_elgass
- 📷 sandraelgass
- 📌 SandraElgass
- 👻 @sandraelgass

1. Tiere machen die Seele fluffig

Lange ging ich schwanger, bevor der kleine schwarze Kater Gobbolino und seine Mama Emily zu uns stießen – schwanger mit dem Gefühl, dass ich mehr Tier im Leben brauche.

Die Ursachen liegen lange zurück – in meiner Kindheit. Einen Teil davon verbrachte ich in einem kleinen 300-Seelen-Dorf in Baden-Württemberg. Gefühlt 297 der 300 Einwohner des Dorfes waren Bauern, die Hälfte der Gebäude in dem Dorf waren Bauernhöfe mit kleinen Ställen, klappernden Scheunen und knarzenden Holzschuppen. Ein Duft von Hagebutten und der typischen Mischung aus Schweiß, Jauche, verlorenen Federn und Fellbüscheln nach dem nächtlichen Katzenkampf wehte sommermorgens über die Glitzerbeton-Hofeinfahrten. Einige Schritte weiter fing der Beton an zu bröckeln und ging dann in einen schotterigen Untergrund zwischen den Bauerngebäuden über, auf dem die Hofkatzen faul in der Sonne dösten und die jeweiligen Hofhühner herumflatterten, Körner pickten oder im Staub badeten.

Als ich also fünf Jahre jung war, gab es nichts Schöneres für mich, als Kettcar-tretend die Bauernhoftiere zu besuchen. Weil ich außerdem leider Einzelkind bleiben würde, beschlossen meine Eltern, mir früh ein paar tierische Gefährten zur Seite zu stellen. Seit ich zwei Jahre alt war, begleitete mich Vita, eine treue Neufundländerin mit wuschelig braunem Fell, einer neugierigen Hundenase und unverwechselbarem Rennstil – immer mit dem Hintern knapp über dem Boden. Nach unserem Umzug ins Dorf kam das Katzengeschwisterpärchen Blacky und Whiskey dazu, er gelbäugig, schwarz, verschmust und mit weißer Blässe an der Pfote, sie wild, eigen und bunt gescheckt, mit grünen Augen und rosa Stupsnase. Weil unsere Hundedame die beiden adoptiert hatte, sprachen sie Hundesprache, besonders Blacky. Der lief beim Gassigehen mit fröhlich wedelndem Schwanz neben Vita und mir her, setzte zum Befehl „Such Platz für großes Gassi" brav sein

Häufchen auf die Blumenwiese neben die alte Eiche. Anschließend machte er Sitz, um sich dafür sein Hundeleckerchen abzuholen.

Während des Studiums war an Haustiere nicht zu denken. Doch mit dem Berufseinstieg ging es los: Immer öfter zog es mich in den Zoo oder ins Wildfreigehege, stürzte mich auf die Tiere von Fremden und Freunden. So auch auf die junge Katzenmama Emily und ihre drei tapsigen fünf Wochen alten Kitten, die von der örtlichen Katzenhilfe zur Pflege bei einer Kollegin untergebracht waren.

Tja, und so habe ich mich in die schwarze Bande verliebt. „Tiere machen die Seele fluffig", erklärte ich meinem Liebsten, den ich hier in Reminiszenz an Ephraim Kishons „beste Ehefrau von allen" künftig als „besten Typen überhaupt" bezeichnen werde. Und als bester Typ überhaupt sah er das natürlich ein. So nahmen wir Emily und ihren Sohn Gobbolino bei uns auf. Und was wir alles zusammen erlebten, das will ich Ihnen erzählen.

2. Wenn, dann Katzen!

Von meiner Tier-Vorgeschichte unterscheidet sich die von meinem Liebsten, dem besten Typen überhaupt, schon etwas.

Als er acht Jahre alt war, führten seine Eltern einen schwarzen Jagdhund namens Berry zur Haustür herein. Als der damals beste kleine Junge überhaupt den riesigen Schatten des Hundes gewahrte, lief er so schnell er konnte ins Wohnzimmer und rettete sich auf den Esstisch. Nur einen Wimpernschlag später umkreiste Berry bellend den Tisch. Meinem Liebsten war sofort klar, dass er und Berry keine Freunde werden würden. Nicht nur ihm machte der große, schwarze Hund Angst. Seine Grundschulfreunde trauten sich nicht mehr, ihn morgens abzuholen. Seine kleine, hundenärrische Schwester hingegen ließ sich furchtlos von Berry durchs Viertel schleifen. Seine beste Erinnerung an die Zeit mit Berry, sagt er heute mit glänzenden Augen, war „die Rache mit der Trompete!".

Und das begab sich so: Frisch an der Musikschule angemeldet, durfte er regelmäßig ein Instrument kennenlernen und nach Hause ausleihen. Für das Trompetenspiel brachte er wenig Talent mit, das war schnell klar. Eine Woche lang kriegte er keinen Ton aus dem Teil heraus. Irgendwann in der zweiten Woche löste sich aber einer. Der war alles andere als schön, machte aber mächtig Eindruck auf Berry. Diesen Triumph kostete der beste Typ überhaupt aus. Auf der fünften Stufe der offenen Holztreppe sitzend – so weit traute sich Berry die glatten Stiegen nicht hinauf –, empfand er diebische Freude daran, so laut zu tröten, wie er konnte. Wirklich bestertypmäßig nett war das nicht. Aber irgendwie hat er das wohl gebraucht. Weil Berry seinen Bewegungsdrang in dem kleinen Garten nicht befriedigend ausleben konnte und mein damals künftiger Liebster Angst vor ihm hatte, führten seine Eltern den Hund bald wieder für immer aus der Tür hinaus. Für Berry gab es übrigens auch ein glückliches Ende: Er konnte bei einem Jäger endlich die Aufgabe erfüllen, für die er bestimmt war.

Seine Schwester kaufte sich später einen eigenen Hund, der den besten Typen überhaupt erst aus unerfindlichen Gründen nicht leiden konnte, nach ein paar Jahren mochte er ihn aus ebenso unerfindlichen Gründen dann doch. Auch mit den zwei großen schwarzen Neufundländern meiner Eltern verstand sich der beste Typ überhaupt überraschend gut. Als wir sie das erste Mal zusammen besuchten, hatte er, obwohl mittlerweile selbst hochgewachsen, ein wenig Bammel vor den großen Tieren, die mit aus dem schwarzen Fell freudig hervorblitzenden, bernsteinfarbenen Augen zur Begrüßung an ihm hochsprangen. Aber er merkte schnell, wie schön es ist, wenn sie ihn morgens am Fuß der Treppe freudig warten und sich beim Kraulen vertrauensvoll an ihn lehnen.

Das Einzige, vor dem ihm manchmal mulmig ist, ist der Tick der beiden, nackte Füße ausgiebig abzuschlecken. Er ist nämlich kitzelig. Ein eigener Hund erschien ihm aber mit unserem Lebensstil nicht zu vereinbaren. Und so sagte er zu mir, die damals zwischen Hund und Katze schwankte: „Wenn, dann Katzen."

3. Katzen sind korrupt

Bis unsere zwei Mitbewohner, Gobbolino, zu dem Zeitpunkt zarte elf Wochen alt, und seine Mama Emily, zirka anderthalb Jahre alt, zu uns zogen, hatten wir die vierköpfige Familie oft in der Pflegestelle besucht. Die Kleinen tollten – winzig, tollpatschig, uns mit (noch) blauen Augen neugierig musternd – um unsere Füße, während Emily uns mit ihren riesigen grünen Augen skeptisch aus einer Ecke des Raumes beobachtete. Nach ein paar Besuchen hopste sie aber bereits auf uns zu, sobald wir eintraten. Nicht weil sie uns immer mehr mochte, so gern ich das behaupten würde. Es lag daran, dass wir sie knallhart bestochen haben.

Mit Katzensnacks. Jenen, die laut Werbung außen knusprig und innen cremig sind. Im Werbespot knistert Frauchen mit der Verpackung, woraufhin der Kater im Garten alles stehen und liegen lässt, zum Ort der Snackverkostung rast, die Katzenklappe ignoriert, durch die Mauer ins Wohnzimmer brettert und in selbiger ein katergroßes Loch hinterlässt. Emily holte sich bei unseren Besuchen die Snacks trotz Scheu direkt aus unseren Händen und beehrte uns dann und wann sogar mit einer Pfote auf dem Knie. Zwar zog sie sich zum Verspeisen der Köstlichkeit stets wieder zurück, tappte aber beim nächsten Rascheln wieder zu uns. Der Tütenrascheltrick funktionierte. Zuverlässig. Katzen sind einfach hoffnungslos korrupt!

Und dann, am Einzugstag, stellte Emilys und Gobbolinos Betreuerin den Transportkorb auf den Boden im Wohnzimmer und öffnete die Gittertür. Auf der Couchlehne sitzend, beobachtete ich gespannt das Korbprofil. Nach ein paar Sekunden erschien ein schwarzes Babykatzennäschen mit neugierig zuckenden Schnurrhaaren, dann zwei goldige Augen, zwei winzige Öhrchen – und schon war der kleine Gobbolino aus der Kiste. Einige Sekunden später erschien Emily auf dem Spielfeld. Mit einem Satz hopste sie aus dem Korb und landete neben Gobbolino, sah sich panisch um, gab ein energisches „Prrrt" in

Gobbos Richtung von sich, rannte durch den Flur ins Gästezimmer, wühlte sich in den Bettkasten der Gästecouch – und ward sodann nicht mehr gesehen. Gobbolino gehorchte seiner Mama und tapste erst mal hinterher. Zwei schüchterne Tage lang sah ich die Miezen wenig – trotz Bestechungsversuchen. Gobbolino wankte zwar ab und an neugierig im Gästezimmer umher, Emmi aber ließ sich nicht blicken. Nach zwei Tagen quittierte Emmi mit einem Schnurren, wenn ich sie – flach auf dem Boden ausgestreckt und den Arm zur Hälfte im Bettkasten der Gästecouch versenkt – in ihrem Versteck mit Snacks versorgte. Nach zwei weiteren Tagen machte Emmi für einen kleinen Snack sogar kurze Ausflüge ins Wohnzimmer. Einen weiteren Tag später gehörte ihr die Wohnung. Aber der Raschelalarm funktionierte wieder!

Leider lag der beste Typ überhaupt in dieser ersten Miezwoche im Krankenhaus. Weil ich so abends niemanden zum Reden hatte, redete ich mit Emily – mir selbst rede ich ein, dass ich ihr so das Einleben ins neue Revier vielleicht ein bisschen erleichtert habe. Oder es waren doch die Katzensnacks.

4. Katzenmöbel und Möbel für Katzen

Wer das Leben mit Katzen teilt, lernt, dass es ab Einzug der Miezen zwei Sorten Möbel gibt. Zum einen Katzenmöbel, die vorab eigens für die Katzen gekauft wurden. Dazu gehören der Kratzbaum, das Katzenklo, Näpfe, die Hängematte, Rascheltunnel und Höhlenmöbel zum Verstecken. Zum anderen gibt es Möbel für Katzen – das sind im Prinzip alle anderen Möbel, die es in der Wohnung gibt.

Als Gobbolino und Emily ihr Revier begutachteten, beäugten sie die liebevoll gestellten Katzenmöbel skeptisch: „Was soll das?!" Ich erklärte den beiden: „Das sind eure Plätze!" Darauf sagten die beiden: „Öhm. Nö, danke. Die suchen wir uns selbst aus." Und das machten sie dann auch. Und erklärten einfach sämtliche Möbel zu ihrem Eigentum. Die kunststoffgepolsterten Rückenlehnen der Esstischstühle zum Beispiel eignen sich offenbar perfekt dazu, mit darin versenkten

Krallen nach oben zu klettern und dann, auf der Kante balancierend, die eigene Leistung miauend kundzutun. Naja, die Stühle waren sowieso nicht für die Ewigkeit gedacht. Und das Lochmuster verkaufen wir jetzt eben als „Shabby Chic". Oder der Basslautsprecher: „Prima zum Krallenwetzen", fanden die Miezen. „Bitte nicht!", protestierten wir. „Was wollt ihr dagegen machen?", entgegneten die beiden. Und damit war auch das Thema erst mal erledigt.

Nach diesem Etappensieg unserer Miezen fuhren wir stärkere Geschütze auf. Sie heißen Katzenminze, Leckerli und Wohlfühlspray. Katzenminze animiert zum Krallenwetzen – also rieben wir alle dafür vorgesehenen Stellen damit ein. Auf und in jedes Katzenmöbel platzierten wir vor Verlassen des Hauses Leckerchen. Außerdem besprühten wir die vorgesehenen Liegeplätze täglich mit Wohlfühlspray. Mehrere Tage verließen wir hoffnungsvoll das Haus und siehe da: Die Übergriffe auf Lehnen und Co. wurden weniger, und Emmy und Gobbolino lümmelten immer öfter in der Hängematte, auf dem Kratzbaumplateau oder im Höhlenmöbelchen. Ha!

In unendlicher Dankbarkeit gestalteten wir unsere Wohnung weiter nach den kätzischen Vorlieben um: „Ich würde gern rausgucken, während ich euch ignoriere", teilte uns Emily mit. Also räumten wir die Fensterbänke. „Wir würden gern mit gruselig großen Augen geheimnisvoll auf euch herabschauen", erklärte uns Gobbolino. Also räumten wir die Oberseiten von den Schränken in den Zimmern. „Hey, wenn ich auf diesem Kunstfell rumtrete, werde ich vor Wohlgefühl fast wahnsinnig!", erklärte der kleine Kater laut schnurrend. Ich kaufte daraufhin eine Auswahl Kunstfelle, taufte sie „Schnurrfelle" und verteilte sie auf Hocker, Sessel sowie auf der Oberseite des DVD-Regals. „Ich bin noch zu klein, um da raufzukommen", maunzte Gobbolino kläglich, also halfen wir mit einer Treppe Marke Eigenbau nach. „Und Höhlen, Höhlen finden wir supergut!", sagte Emily. Also wurde der Transportkorb als weitere Höhle unter einen Beistelltisch ins Wohnzimmer integriert. Warum uns Letzteres ganz recht ist, ist nicht für Miezenohren bestimmt: So gehen sie nämlich bereitwilliger und ruhiger in den Korb, wenn es zum Tierarzt geht. Ja, so hatte die gar nicht so dummen Dosenöffner auch was davon...

„Hoch auf DVD-Regahaalen / sitz' ich beim Schnurrfell vorn."

5. Konfusion ums Katzenklo

Unsauberkeit kommt bei Katzen selten vor, und meistens ist die betreffende Katze krank oder beleidigt. Leider empfinden viele Katzen schon kleinste Veränderungen als unfassbar beleidigend. Am Ende war das Malheur, das Gobbolino in seinen ersten Wochen bei uns passierte, aber wohl eher ein großes Missverständnis. Ein Umzug in ein neues Zuhause ist natürlich eine große Veränderung. Deshalb nahmen wir das vertraute offene Babykatzenklo mit den niedrigen Rändern, das Emilys Familie von Anfang an benutzt hatte, mit und stellten es bei uns im Flur auf. Getreu der Regel „Immer ein Klo mehr als Katzen" stellten wir zwei weitere „Katzenklokalitäten" bereit. Ein geschlossenes Klo steht im Wohnzimmer und das Eckklo im Arbeitszimmer. Gobbolino ging in den ersten Tagen brav aufs Babyklo im Flur, Emily wählte gleich das Wohnzimmerklo als Favoriten. Alles war paletti. Doch ganz entgingen wir dem Schicksal frischgebackener Katzeneltern leider nicht.

Die Herausforderung, in einer neuen Umgebung das Klo im Flur zu finden, wenn man merkt, dass man mal dringend muss, meisterte Gobbolino ja eigentlich ganz gut. Doch er hatte seine Mama dabei beobachtet, wie sie das Klo im Wohnzimmer durch die Öffnung oben betrat und das typische Scharren und Plätschern vernommen. „Klick, ein Klo!", machte es da offensichtlich zwischen seinen Öhrchen. Doch leider konnte der Kleine es auch auf den Hinterbeinen stehend nicht erklimmen. Wie nett, dass er uns regelmäßig in dieser Stellung mit Maunzen auf die Dringlichkeit seines Geschäftes aufmerksam machte, sodass wir ihn zügig aufs Flur-Babyklo tragen konnten.

Nun hatten wir das Katzenklo im Wohnzimmer neben unserem großen Sitzsack platziert. Als Gobbo ihn das erste Mal inspizierte, stakste er begeistert schnuppernd auf der seinen Pfötchen leicht nachgebenden Styroporfüllung herum. Er wankte nach links, drehte und erkundete den rechten Rand. Verzückt beobachtete ich, wie er wieder in die Mitte der Sitzfläche stolperte und dann leicht in die Hocke ging. Viel zu spät erkannte ich meinen Irrtum: „Och guck mal, wie süß, er setzt sich auf den Sitz ... Oh, nein, GOBBOOOO, FAAAALSCH!" Eine Spur kleiner Tröpfchen führte den besten Typen überhaupt, der aus der Küche gestürzt kam, aus dem Wohnzimmer den Flur entlang, wo er mich fluchend vor einem kleinen Kater vorfand, der verdutzt aus dem Babykatzenklo hochschaute und zu sagen schien: „Ich muss jetzt aber nicht mehr!"

Was war passiert? Wir erklären es uns so: Der Kater bemerkte das Klo im Wohnzimmer, kam da aber noch nicht rein. Als er die kleinen Styroporkügelchen im Innern des Sitzsacks rieseln hörte, ging er davon aus, dass dieses Ding in der Nähe von Mamas Klo zu dem Zweck da sei, zu dem auch die anderen Kistchen mit rieselnden Kügelchen da waren. Uns blieb also nur, den schicken Sitzsack grundgereinigt aus der Wohnung zu entfernen, um weitere Missverständnisse zu vermeiden.

Er verschönert jetzt mein Büro. Die Kollegen reagieren ja glücklicherweise nicht auf rieselnde Kügelchen.

6. Zwei Seelen – ach! – in Emmis Brust

Unsere Emily ist in vielem das Gegenteil von Gobbolino. Er hat einen goldfarbenen, warmen Blick, sie hat kalte, aber wunderschöne grüne, große Augen. Er ist vertrauensselig, sie misstrauisch. Er ist neugierig, sie vorsichtig. Er ist anhänglich und Emmi ... naja, das ist nicht so einfach. Sie sucht Kontakt – und huch! – überlegt es sich plötzlich doch wieder anders. Emily ist jetzt circa zwei Jahre alt. Sie lebte wohl früher in einem Haushalt mit vielen vernachlässigten Katzen, bevor sie zur Katzenhilfe Neuwied kam. Katzen, denen Menschen in jungen Jahren nicht viel oder nicht freundlich begegnet sind, bleiben oft ihr Leben lang scheu, eröffnete man uns, bevor wir uns für sie entschieden. Und ja, Emmi wollte uns anfangs lieber aus dem Weg gehen. Der beste Typ überhaupt und ich lasen im Ratgeber: „Scheue Katzen ignorieren." Und das taten wir auch.

Die ersten Tage versteckte sich Emmi im Bettkasten des Gästebetts. Auch morgens, wenn wir die Näpfe füllten, ward sie nicht gesehen. Kamen wir abends von der Arbeit nach Hause, erwischten wir Emmi jedoch immer öfter in flagranti auf der Couch. Genau genommen lag sie auf unseren Stammplätzen. Und verschwand, sobald sie uns bemerkte. Dann fing sie an, sich, aus ihrer Sicht unauffällig, zu uns zu gesellen. „Ich lege mich jetzt mal zur Abwechslung zu euch ins Wohnzimmer", verkündete sie eines Tages, „und zwar unter den Couchtisch, wo ihr mich nicht sehen könnt." Gesagt, getan. Ein paar Tage später kam sie angeschlendert: „Dumdidum, ich lege mich jetzt ans andere Ende der Couch und drehe euch den Rücken zu. Bin also praktisch gar nicht da." Und beglückte uns mit der Ansicht ihres hübschen Katzenrückens. Die Versuchung war groß, aber wir unterließen jeden Streichelversuch. Und dann eines Tages erwartete sie mich morgens direkt vor der Schlafzimmertür. „Streicheln?", gähnte ich verwirrt. „Ja!", schienen Blick und Körperhaltung zu sagen, und so fuhr ich ihr mit der Hand über den Rücken. Sie reagierte erfreut: Schwanz und Hintern hoch, kurzer Stoß mit dem Köpfchen gegen meine Hand – und zuckte dann wieder unvermittelt zusammen. „Was mache ich hier eigentlich?!", schien sie sich zu fragen – und nahm Reißaus. So ging das eine Weile. „Ja, ja, streicheln", schnurrte sie und erschrak dann: „Bloß weg hier!" Nach und nach vergisst Emmi aber, dass sie eigentlich scheu ist. Mittlerweile fordert sie oft Streicheleinheiten ein. Sie haut nur ab, wenn wir mal wieder nicht verstehen, wenn ihr statt nach Gestreicheltwerden nach Spielen ist.

Streicheln oder nicht streicheln – das ist hier die Frage!

„Sie ist schon eine komplizierte Katze", teilte ich dem besten Typen überhaupt irgendwann morgens mit. Und kam über den Tag ins Grübeln: Vielleicht kriegt jeder die Katze, die er verdient? Als ich an diesem Tag nach Hause kam, lag Emmi auf dem Bürodrehstuhl im Gästezimmer und blinzelte mir zu. Blinzeln, das bedeutet: „Ich kann dich leiden." Nichts wie hin, dachte ich, und ging ebenfalls blinzelnd auf sie zu. Da warf sie sich charmant auf die Seite und präsentierte ihren Bauch – ein Riesenvertrauensbeweis. Schau an, dachte ich, wie bei uns Menschen: Vielleicht kompliziert und abweisend, aber ein weicher Kern – und im Grunde wollen wir alle doch einfach nur geliebt werden.

7. So stellt man den Katzenwecker

Ein paar Wochen lebten der beste Typ überhaupt und ich nun mit unseren zwei „Miezbewohnern" Emily und Gobbolino zusammen. Nach den ersten schüchternen Tagen nahmen sie unsere Wohnung in Beschlag. Und wie. Wir hatten mit Mitbewohnern gerechnet. Aber Emily und Gobbolino sahen das anders: Für die beiden ist unsere Wohnung jetzt ihr Revier. Mit etwas Glück, das wurde uns rasch klar, würden wir geduldet. Die Küche und das Schlafzimmer, katzenfreie Zonen?! Unerhört.

„Wieso dürfen wir nicht ins Schlafzimmer", schimpften die Miezen, wann immer wir darin verschwanden. Besonders in den ersten Nächten rumorten sie derart – „Miaaaauuuu", Wumms (Sprung an der Tür hoch), Krrrrchchchcht (mit den Krallen Halt suchend an der Türe wieder runterrutschen) – , dass wir uns nur mit Ohrstöpseln zu helfen wussten. Dann bescherten sie uns einen üblen Schreck: Nach 20 Minuten wütenden Gezeters vor der Tür war ich endlich eingeschlafen – und schrak plötzlich wieder auf. Die knarzende Schlafzimmertür öffnete sich gruselig langsam im Mondlicht wie von allein. Mit fliegenden Ohrstöpseln setzten der beste Typ überhaupt und ich uns auf, bereit, unser Leben gegen Einbrecher oder übersinnliche Mächte zu verteidigen. Doch nichts kam durch die schwarze Öffnung – und dann hörten wir das leise Getrippel von acht krallenbewährten Pfötchen auf dem Laminat hinter dem Bettkantenhorizont. Emily hatte also gelernt, Türen zu öffnen.

Gegenmaßnahmen mussten her: Der beste Typ überhaupt schnappte sich einen Schraubenzieher und drehte die Türklinke des

Schlafzimmers in die Vertikale. Doch ach, der nächtliche Terror hielt an – die Empörung über die umgedrehte Klinke war groß. „Wir müssen konsequent bleiben", sagte ich, mit dem Fuß aufstampfend, zum besten Typen überhaupt. Deshalb klebte er ein Kissen unter die Klinke. Das sah zwar bescheuert aus, reduzierte aber die Lautstärke an der Tür abprallender Katzen. Weil die beiden nach dem Sprung an die Klinke mit den Krallen im Stoff hängen blieben und nicht wieder herunterrutschten, fiel das „Krrrrchchchcht" sogar ganz weg. Das empörte Miauen blieb uns erhalten.

Nach etwa drei weiteren Wochen, die wir mit dicken Ringen unter den Augen hinter uns brachten, machte sich unsere Beharrlichkeit bezahlt. Unsere beiden nachtaktiven Mitbewohner akzeptierten, dass wir Menschen nachts im eigenen Zimmer schlafen wollen. Auch die umgedrehte Klinke an der Küchentür genehmigten die beiden, wenn auch mürrisch. Dass wir vor dem Schlafengehen jeden Abend Snacks in allen Winkeln der Wohnung verstecken, beschäftigt die umtriebigen Miezen in unserer kritischen Einschlafphase. So schimpften sie uns bald weniger aus – zumindest zur (menschlichen) Einschlafzeit. Ihre Standpauken verlegten Emily und Gobbolino gnädiger Weise auf ihre morgendliche Fressenszeit, zwischen sechs und halb sieben – täglich. Und sie haben ja so recht: Wer auch am Wochenende zu früher Stunde aufsteht, hat viel mehr von seiner Freizeit. Danke für die Erleuchtung, ihr weisen Miezen!

8. Wir haben die Kontrolle. Nicht.

„Wenn ihr euch zwei Katzen holt, zerlegen die euch die Bude!", rief meine Mama, als ich ihr am Telefon den Entschluss, mein Leben zukünftig mit zwei Stubentigern zu teilen, mitteilte. Als unsere beiden Miezen bei uns einzogen, war Gobbolino noch ein Baby. Klar war der Kleine verspielt. Aber eben noch so klein, dass er nicht viel anrichten konnte. Emily hingegen war scheu und erkundete alles vorsichtig –

auch sie „zerlegte" unsere Wohnung also nicht. In der Pubertät angekommen, wurde Gobbolino wilder – aber wir waren vorbereitet.

Alle für Katzen giftigen Pflanzen zogen um ins Schlafzimmer – der (damals noch) komplett katzenfreien Zone. Die auf den Fensterbänken im Wohnzimmer verbleibenden Töpfe – also die mit Katzengras – klebten wir mit doppelseitigem Klebeband fest, ebenso alle Stehlämpchen und Stehrums. Den empfindlichen Kunstleder-Couchrücken schützt eine Wolldecke, die darüber hinaus eine tolle Höhle unter der Couch schafft. Die Küchentüre ist immer verschlossen. So bewahrheitete sich die Prophezeiung meiner Mama nicht. Keine Chance dem Tatzenterror. Wir hielten uns für die größten Trickbären überhaupt: Wir waren doch tatsächlich Katzenbesitzer, die die Kontrolle behielten. Ein Trugschluss. Denn Emily legte bald ihre Schüchternheit ab.

Wilde Verfolgungsjagden wurden zum neuen Hobby: Wie zwei geölte Blitze schossen die beiden an uns vorbei und beizeiten auch über uns drüber. Emily hat zudem einen Narren an unserer großen Palme Uschi gefressen, nach deren obersten Blättern sie liebend gern hascht – auf einer Stuhllehne am Esstisch balancierend. Die Kletterwut packte auch Gobbolino. Weil er jetzt größer und geschickter war, erreichte er auch hoch gelegene Ziele. Natürlich war auch dort alles festgeklebt. Deshalb ging dennoch kaum etwas zu Bruch. Wir wähnten uns in Sicherheit. Mit einer drastischen Maßnahme während eines Spieleabends mit Freunden führte uns Emily jedoch vor: Zu früh gefreut, Keule!

Während der vertrauensselige kleine Kater an solchen Spieleabenden meist zwischen den Gästen umherstreift, streckt Emily nur ab und zu den Kopf um die Flurecke, um zu prüfen, ob die Eindringlinge schon gegangen sind, und schläft ansonsten im Gästezimmer auf meinem, äh, ihrem Bürostuhl. Dieses Mal hatte sie es sich aber unbemerkt auf einem der Esstischstühle im Wohnzimmer bequem gemacht. Das Gespräch auf der Couch drehte sich um die Katzen. Gerade sage ich stolz zu einem Freund: „Also wir haben die Miezen im Griff. Die haben hier noch nie was kaputt gekriegt." Genau in diesem Moment springt Emily von der Sitzfläche auf die Stuhllehne und dann in unsere Palme Uschi – und segelt mitsamt der großen Pflanze zu Boden. Aus Protest verteilt Uschi Erde und Blätter großzügig über das Laminat. Für meine Freunde war ich natürlich der Lacher des Tages. Den Rest des Abends unterhielt ich mich zähneknirschend mit unserem Staubsauger.

9. „Seid ihr glückliche Katzen?"

Nach unserer Entscheidung für mehr Miez im Leben dauerte es eine Weile, bis wir tatsächlich „auf die Katz" kamen. Ich wollte nämlich keine „Wohnungskatze produzieren", sprich: Ich wollte keine gesunde Katze mit guter Vermittlungschance, die theoretisch Freigang haben könnte, bei uns im fünften Stock einsperren. Damit blieben für mich eigentlich nur noch alte, kranke und verhaltensgestörte Katzen übrig. Und danach suchte ich auch ganz ernsthaft.

So lernten wir im Tierheim Fibi kennen. Gespannt betraten wir das Zimmer dieser 11-jährigen Katze. Fibi kam angelaufen, scheinbar ebenfalls interessiert an ihrem Besuch. Kaum streckte der beste Typ überhaupt jedoch vorsichtig seine Hand aus, um sie zu streicheln, langte Fibi ihm ordentlich eine. Ich meinte, wenn wir Fibi noch mal besuchten, wäre sie vielleicht schon netter. Der beste Typ überhaupt teilte mir mit, er wolle Fibi nicht mehr besuchen.

Ein anderes Mal saßen wir eine Stunde im Wohnzimmer einer Katzenhilfemitarbeiterin. Wir plauderten, es war sehr nett. Nur leider ließ sich die Katze, derentwegen wir gekommen waren, nicht ein einziges Mal blicken. Sobald wir geklingelt hatten, war sie scheu unters Sofa geflüchtet. Dass wir bei einer Freundin – und Pflegekatzenmama der Katzenhilfe – auf Emily und ihren Nachwuchs stießen, war Zufall. Wir waren zu einem Spieleabend gekommen, verbrachten den Abend aber damit, im Geburtszimmer mit Emilys drei winzigen Fellknäulen zu spielen. Dass sie dabei die Lieblingsschuhe meines Liebsten ramponierten, war ihm erstaunlich egal.

Als wir hörten, dass die kleine Familie bald ins Tierheim umziehen müsse, weil keiner sie wollte, konnten wir nicht widerstehen. Ich lockerte ein wenig meine strikte Selbstbindung, und der beste Typ überhaupt ließ seine Restskepsis gegenüber der Haustieranschaffung fahren.

Während er sehr glücklich mit der Entscheidung ist, hadere ich noch mit mir, weil sie im Moment keinen Freigang haben. Und weil ich die Katzen deshalb anfangs ein ums andere Mal zweifelnd fragte: „Seid ihr glückliche Katzen?", platzte dem besten Typen überhaupt letztendlich der Kragen: „Ja, verflixt!", rief er: „Das will ich ihnen wohl raten! Diese! Katzen! Haben! Alles! Zwei tolle Kratzbäume. Einen komfortablen Transportkorb. Einen Doppelnapf in Fischform. Eine Napfalternative aus Keramik. Einen Katzenbrunnen aus Keramik. Eine Katzenhängematte. Diverse Kratz- und Versteckmöglichkeiten. Sie können jetzt sogar raus!" (Dank Katzennetz haben sie auch die Möglichkeit, auf den Balkon zu gehen, ihr Näschen an den Küchenkräutern zu schulen und Fliegen zu jagen.) „Diese Katzen haben jede! Menge! Katzenspielzeug! ...", schimpfte mein Liebster weiter, „...das täglich zum Einsatz kommt. Nicht weniger als drei Katzenklos stehen ihnen zur Auswahl, darunter ein Designerkatzenklo. De-signer-klo! ... Ich habe kein Designerklo, und ich bin auch glücklich", argumentierte der beste Typ überhaupt weiter und schloss: „Also, frage die Katzen bitte nie wieder, ob sie glückliche Katzen sind. Bis zum Beweis des Gegenteils sind sie es!"

10. Namen für die Katz'

Ohne erläutern zu wollen, wie es dazu kam, dass der beste Typ überhaupt hier als der beste Typ überhaupt bezeichnet wird, ist er damit nicht unzufrieden. Nicht so glücklich hingegen ist er mit den Namen, die ich unseren Katzen angedeihen lasse. Emily hieß schon Emily, als sie zu uns kam. Hätte sie nicht schon auf diesen Namen gehört (wobei „hören" bei Katzen freilich relativ ist), hätten wir ihr einen anderen

Namen gegeben, aber unglücklich waren wir damit auch nicht. Gobbolino, damals noch ein klitzekleines Katerli, wurde von seiner Katzenhilfepflegerin Houdini genannt – nach dem weltbekannten Zauberer.

Allerdings verstand er noch nicht, dass er gemeint war, wenn der Name fiel. Insofern konnten wir „Houdini" noch umtaufen. Der kleine schwarze Kater weckte im besten Typen überhaupt die Erinnerung an eine Figur in einer Reihe von Hörspielkassetten namens „Erzähl mir was", die ich als Kind verschlungen und später als Studentin wiederentdeckt hatte. Eine Zeit lang nötigte ich ihn, sie vor dem Einschlafen mitzuhören. Eine Geschichte darauf handelte vom schwarzen Gobbolino, dem Hexenkater, der eigentlich lieber ein Hauskater sein wollte. Ich war sofort Feuer und Flamme von der Idee, unser Katerchen fortan so zu nennen. Gobbolino ist natürlich ein relativ langer Name für einen Kater, vor allem, wenn man ihm auf die Schnelle mitteilen muss, dass er doch jetzt bitte nicht am teuren Lautsprecher seine Krallen schärfen möge. „Gobbo!", pflegt mein Liebster dann mahnend zu rufen, und wenn er ihn krault, sagt er zärtlich „Gobi". Emily nennt er fast immer Emmi, neuerdings manchmal Emmchen, oder ganz kurz: M.

Ich habe da eine ungleich breitere Palette an Anreden entwickelt. Unseren Kater nenne ich auch mal Goben, mal Golino, mal Gobbolinchen, mal Gobinator. Wenn er pubertiert und seine Mutter terrorisiert, wird er bei mir zum Mafiakater: Gobbolito. Mit all dem kann der beste Typ überhaupt leben. Einige meiner Namenserfindungen findet er sogar richtig gut, etwa „Gobermann" oder „Graf Zahl" (seine Eckzähnchen blitzen immer ein bisschen aus dem Maul, sodass er an den Vampir aus der „Sesamstraße" erinnert). Nicht so gut gefallen ihm „Nasenmann" und „Ohrenmann". Ich weiß auch nicht, warum. Noch mehr stört ihn allerdings, wie ich Gobbolinos Mama anrede. „Süße" lässt er noch durchgehen, „Ömmeli" findet er ganz lustig.

„Gestatten: Man nennt mich auch Graf Zahl. Aus Gründen."

Was ihn aber extrem nervt: wenn ich unsere Katze „Maus" nenne. Darüber beschwerte er sich neulich bei seiner Schwester am Telefon so demonstrativ lautstark, dass ich nicht mal lauschen musste: „Oft verdoppelt sie mein Grauen noch mit ‚Maus-Maus' oder bezieht Gobbolino mit ‚kleine Mäuse' in ihren Mäusewahn mit ein. Wie kann man eine Katze ernsthaft ‚Maus' nennen, wo die doch Katzenleibspeise sind? Das ist doch Katzenverdummung." Seine Einwände habe ich anfangs geflissentlich ignoriert. Doch ich habe dafür inzwischen die Quittung bekommen. Neuerdings nennt er mich nämlich – am liebsten vor Freunden – nach meiner Leibspeise: „Kartoffelpü-Erbselinchen". Hmpf.

11. Die Entdeckung der Beinsamkeit

„Die Entdeckung der Langsamkeit" ist ein preisgekrönter Roman Sten Nadolnys, in dem ein Kapitän, der zu langsam im Kopf ist, um mit der Umwelt mitzuhalten, trotzdem zum Entdecker wird. „Die Entdeckung der Beinsamkeit" ist eine (noch) nicht preisgekrönte Geschichte in diesem Buch, in der ein Kater seiner Umwelt Schmerzen bereitet, weil er eine seltsame Vorliebe für Beine entdeckte. Glauben Sie mir: Dieser Kater ist komplett „beinbesessen"!

Es begann eines Abends auf der Couch: Wir liegen fernsehend unter der Decke, Gobbolino dösend zu unseren Füßen. Gemütlich recke ich mich, als mich ein Schmerz durchfährt. Er kommt von meinen Zehen. Erschrocken schlage ich die Decke zurück (und dabei den Arm ins Gesicht des besten Typs überhaupt) und finde meinen süßen Kater vor – verbissen in meine große Zehe. „Au!", rufe ich empört und zucke zurück. „Die Zehe will fliehen", denkt Gobbo und testet, ob er sie festkrallen kann. „AU!", beteuere ich. Gobbolino guckt recht stolz – ist schließlich ein stattlicher Erfolg in seiner Beutefangkarriere. Selbst schuld, wer unter der Decke mit den Zehen wackelt wie eine Maus im Gras. Dann, eines Morgens: Der beste Typ überhaupt ist schon in die Küche verschwunden. Ich rekele mich noch der Bettkante entgegen. Dann: ein Schrei. Ich schieße hoch. Die Gedanken rasen: Was ist los? Hat er sich heißes Teewasser über den Arm geschüttet? Ich überlege, wo die Brandsalbe ist. Geschnitten, Blut überall? ... ich denke an die Kompressen im Apothekenschrank. Kopf gestoßen? – Kühlakkus – Gefrierschrank. Ich erreiche die Küche, geistig auf vieles vorbereitet. Doch nicht auf das. Grund für das Wehklagen meines Liebsten ist: Babykater am Bein. An der Innenseite des Oberschenkels. Alle Krallen auf dem Weg nach oben (zur Anrichte mit der offenen Dose Katzenfutter) im Bein festgetackert. Vor Schreck zieht Gobbo die Krallen ein und landet unsanft auf dem Boden. Ich bekomme Mitleid. „Du hast Gobbo voll erschreckt!", erkläre ich meinem Liebsten. Als ich den Schmerz in seinen Augen sehe, bekomme ich wieder Mitleid und erkläre Gobbo: „Du hast ihm voll wehgetan!" Aber Gobbo versteht nur: „Ja, das muss schneller gehen. Wir arbeiten dran!" und setzt sich großzügig wartend auf den Hintern.

Inzwischen möchte Gobbo überall dabei sein. Seine beliebteste Position dabei: um unsere Beine gewickelt. Das sorgt für regelmäßige

Unregelmäßigkeiten in unserer Fortbewegung. Große Ausfallschritte, dabei umgestoßene und im Fall – katzengleich – gefangene Gegenstände machen aus uns Katzenwohnungsmitbewohnern ein sportliches Pannenballett. „Aber ist es nicht süß, wie er um unsere Beine streicht, wenn wir heimkommen?", frage ich den besten Typen überhaupt. Doch der liest nach, was das bedeutet. Nein, nicht: „Schön, dass du da bist." Und auch nicht: „Ich mag dich!" Wenn Gobbolino um unsere Füße streicht, hinterlässt er seinen Duft an uns. Was schlicht und einfach heißt: „Ihr gehört mir. Harhar!" Ernüchternd, fanden wir. Und beschlossen, es zu leugnen. Und och, es ist aber auch einfach süß, wie er uns immer direkt begrüßt!

12. Sprechen Sie, Katze!

Wir Katzenbesitzer lieben es, wenn Mieze zurückmaunzt, wenn man mit ihr spricht. Auch wenn die wenigsten von uns Ahnung haben, was sie sagen will. Siamkatzen gelten als sehr gesprächig. Europäische Kurzhaarkatzen wie Emily und Gobbolino gelten als mittelmäßig gesprächig. Emily und Gobbolino scherte dies aber wenig: Sie zeigten sich erst mal überhaupt nicht gesprächig. Klammert man wütende Tiraden vor geschlossenen Türen aus, brachten wir über Monate keine beidseitig befriedigende Gesprächsführung zustande. Gobbolino war ein süßer Babykater, verspielt, raufboldig – aber vollkommen miaulos. Und Emily bedachte uns monatelang mit sage und schreibe zwei Worten: Sie lauteten „Prrrrt" und „Meng", und ihre Bedeutung war lange ein Rätsel. Schon fanden wir uns damit ab, dass auf unsere Wortbeiträge meist kätzisches Schweigen folgen sollte, da vernahmen wir eines Tages von der Fensterbank her eine neue Vokabel. Sie lautete „Mräh" und entfloh Emmi, während sie angestrengt mit vorgerecktem Kopf aus dem Fenster starrte. Ihrem Stechblick folgend, gewahrte ich auf der Antenne des gegenüberliegenden Hauses einen imposanten Raben, der herausfordernd in Emmis Richtung krächzte. Angesichts dieser Frechheit bedachte Emmi ihn daraufhin gar mit einem ganzen Satz, der irgendwie frustriert klang: „Mräh-mm-mrrääh-mm-mraä".

Gobbolino war dieser Ausbruch seitens seiner Mutter wohl auch neu, denn er setzte sich still vor das Fensterbrett auf den Boden und machte insgesamt einen sehr verwirrten Eindruck. Im Katzenratgeber lasen wir: Katzen keckern – so nennt man diesen Laut – immer dann, wenn sie eine Beute entdecken, die aber unerreichbar ist. Emmi hatte also ihrem Frust Luft gemacht. Und ja, auch mir tut ein herzhaft in die Diskussion mit Kollegen geschmettertes „Mräh" inzwischen ganz gut. Kurz danach lehrte Emmi uns weitere Laute. Wenn es Futter gibt, kommentiert sie jetzt: „Miehihihiiiiiiiiiieee", wobei sie das Ende so lang zieht, dass es sich wie Babygeschrei anhört. Einige Experten bescheinigen hier kalte Berechnung: So haben domestizierte Katzen gelernt, dass menschliches Babygeschrei uns zur Eile antreibt, und diesen Laut in ihren Wortschatz aufgenommen. Liegt Emmi auf dem Bett, wenn man das Schlafzimmer betritt, schmeißt sie sich auf den Rücken und macht „Miau" oder „Mi". Wobei der beste Typ überhaupt herausgefunden zu haben meint, dass er Emmi nach einem „Miau" länger streicheln kann als nach einem „Mi", bevor er eine gewischt bekommt. „Prrrt" und „Meng" benutzt Emmi weiterhin täglich – Ersteres, wenn man sie anspricht und sie dies aufdringlich findet, Zweiteres, wenn man sie anspricht und sie dies akzeptabel findet. Das merken wir daran, dass nach einem „Meng" ein kurzes Streicheln erlaubt ist. Emmi ist also auf dem besten Weg zum Status „Laberbacke". Gobbolino hingegen ist immer noch schweigsam. Typisch Mann. Nur, wenn er krank ist, da beschwert er sich mit wehleidigem „MIAUUUU" – ein Schelm, wer sagt: auch typisch Mann.

13. Fressen oder nicht fressen

„Die Katze frisst mir die Haare vom Kopf", sang vor 20 Jahren Helge Schneider. Und weiter: „Eine Katze frisst den ganzen Tag – Damiiit es ihr gut geht – will sie fressen – ich stelle ihr was hin: – Sie isst das auf." Lieber Helge Schneider, ich muss Ihnen sagen: Sie haben keine Ahnung, oder Ihr Kater Fritz, der Sie zu dem Lied inspiriert hat, ist ein besonders verfressenes Exemplar gewesen. Die letzte Zeile müsste für uns eher heißen: „ ... ich stelle ihnen was hin – sie mäkeln rum!" Denn wann immer wir unseren Miezen ihr Fressen servieren, rümpfen sie die Nase. Besser gesagt rümpft Emmi die Nase und geht weg, während Gobi nach ein paar Bissen versucht, diese Zumutung zu vergraben. Dazu scharrt er minutenlang neben dem Napf am Laminat, natürlich ohne Erfolg. Dann geht er dazu über, herumliegende Zeitungskügelchen oder Katzenspielzeuge anzuschleppen und über das scheußliche Mahl zu drapieren. Besonders Nassfutter verhüllt Gobi gern, während er sich Trockenfutter nach einigen Kapriolen mäßig zufrieden einverleibt. Kater sollen aber nicht ausschließlich Trockenfutter fressen. Es galt also, ein Nassfutter zu finden, das unseren mäkligen Miezen mundet.

Im Zuge dieser Mission kauften wir Dosenfutter aller Art, teuer und billig, und probierten durch. Dann der scheinbare Durchbruch: Beim Futter mit der Aufschrift „Festtagsmenü" blieb drei Tage hintereinander nichts im Napf zurück. Deshalb hortete der beste Typ überhaupt sofort kiloweise die Aktionssorte Festtagsmenü. Nur um am nächsten Morgen die Fäuste in den Pyjamahosentaschen zu ballen, nachdem Gobi und Emmi nach kurzer Begutachtung mit gerümpfter Nase – „Schon wieder Festtagsmenü?!" – und nüchtern davonstolzierten. Doch Aufgeben ist nicht unser Ding. Als weitere Ursachen nennt der Katzenratgeber „Laute Umgebung und/oder Beschaffenheit des Futternapfes". Also verlegten wir den Doppelnapf der beiden weg vom rumorenden Kühlschrank ins Wohnzimmer. Besserung trat nicht ein. Dann rückten wir ihn in maximale Entfernung zum dort platzierten Katzenklo. Besserung trat nicht ein. Dann ersetzten wir die beiden Näpfe durch einen riesigen Keramiknapf mit Erhebung in der Mitte, auf dass die empfindlichen Schnurrhärchen beim Fressen nicht mehr an den tiefen Rand des konventionellen Napfes stießen. Besserung trat nicht ein. Also servierten wir den Miezen ihr Mahl an getrennten Standorten, auf dass sie sich nicht an der Präsenz des jeweils anderen Stubentigers stören. Und endlich, leichte Besserung! Die Suche nach dem optimalen Napfstandort für jede Mieze dauert jedoch immer noch an. Zwei Dinge gibt es jedoch, bei denen Gobi so gar nicht mäkelig ist. Lässt man die Wochenend-Frühstückstafel aus den Augen, klaut er liebend gern die Eierschalen. Und wenn der beste Typ überhaupt sich abends ein Bier genehmigt, muss er es gegen Gobi verteidigen, der den Gerstensaftduft am liebsten stundenlang schnuppern würde. Gobi, du bist doch wohl kein „Alkatzholiker"?

14. Wo ist die Katz'?

Für Menschen ist eine Wohnung eine Abfolge von Zimmern mit Möbeln, die aus vier Wänden und einer Decke bestehen. Mensch geht auf dem Boden, nutzt die Möbel und hat mit der Decke nicht viel zu tun. Katzen denken in anderen Dimensionen: Für Katzen ist eine Wohnung eine Abfolge von Zimmern, die aus verschiedenen Ebenen vom Boden bis zur Zimmerdecke bestehen. Die Funktion der Möbel ist ihnen egal, nicht jedoch, dass diese zahlreiche Gänge, Türme und Höhlen formen. Und die wollen haarklein erkundet sein. Und am schönsten ist es direkt unter der Decke.

Anfangs fanden wir unsere Miezbewohner, wenn überhaupt, höchst überrascht an Orten vor, die dem Teil unseres Gehirns, der für das räumliche Denken zuständig ist, bisher verborgen waren. So fanden wir Emmi einmal im Bücherregal, hinter den Bücherreihen, von wo aus sie interessiert beobachtete, wie wir wiederholt ratlos im Arbeitszimmer umherglotzten und „Emmchen", „Emmi" oder „E-MI-LY!" riefen. Seitdem steht dieses Versteck natürlich ganz oben auf der Checkliste. Gobi hat eigene Eckchen und Versteckchen. Manchmal stapelt er sich auf unsere übereinandergeschichteten Limonadenflaschen und bewegt sich nicht. Wen er damit täuschen will, ist mir auch nicht klar: Für einen schwarzen Kater ist die Tarnung inmitten von Zitronengelb und Grapefruitrot doch eher suboptimal. Einmal hielt er es für eine prima Idee, die über Eck stehenden Regale im Arbeitszimmer zu erklimmen. Mit dem Hohlraum dazwischen hatte er offensichtlich nicht gerechnet. Am Ende war er wohl ganz froh darüber, dass die Suche nach ihm nicht lang dauerte: Klägliches Maunzen lotste mich an die Unglücksstelle. Nach ein bisschen Regalverschieberei sprang der Kater haargesträubt und entrüstet aus seinem Gefängnis. „Jetzt bin ich daran schuld?!", fragte ich entrüstet. Zur Antwort legte Gobi die Ohren an, versetzte mir im Herumdrehen ein vernichtendes „Prrrt" und ließ mich stehen. Pflichtgemäß deckte ich die Falle zwischen den Regalen mit einer großen Kiste ab.

„Habt ihr mich gesucht? Mache nur ein Schläfchen auf Balkonien."

Auf dem Balkon gibt es dagegen nur vier Verstecke: hinter dem linken Pflanzkasten, hinter dem rechten Pflanzkasten, hinter dem mittleren Pflanzkasten – und unter der Bank. Werde ich auch dort nicht fündig, macht sich regelmäßig Panik breit: Und wenn Emmi nun das Katzennetz durchgebissen hat und auf dem abschüssigen Dach rumturnt, fünf Stockwerke über dem Asphalt? Oder sich unbeobachtet mit dem letzten Besucher aus der Wohnungstür herausgestohlen hat und jetzt vollkommen verloren im Treppenhaus herumirrt? „Die Katze muss aber zu finden sein", teilte ich dem besten Typen überhaupt mit, nachdem wir eine geschlagene Stunde nach den beiden gesucht hatten – sei es, dass man sie zum Tierarzt bringen muss oder beim Verlassen der Wohnung sichergehen will, sie nicht aus Versehen eingesperrt zu haben. In diesen Situationen weiß der beste Typ überhaupt glücklicherweise ein sehr effektives Mittel. Er nennt es den „Zählappell". Einmal mit der Katzensnacktüte geraschelt, und ... da sind ja meine Miezen!

15. Katzenklo-Sisyphos

Das Katzenklo ist der heilige Ort der Wohnungskatze. Das schließen wir aus dem Verhalten, das unsere Miezen immer dann an den Tag legen, wenn wir das Klo säubern.

Dazu nehme ich (oder der beste Typ überhaupt – wer eben gerade diensthabender Putzsklave ist) die Schaufel und die Mülltüte zur Hand. So ausgerüstet, halte ich auf Katzenklo Nummer eins im Wohnzimmer zu. Mein Anlauf auf das Miezen-Allerheiligste wird sofort bemerkt, schon hebt Gobbo den Kopf und beobachtet mit zuckenden Öhrchen über den Rand seiner Hängematte hinweg, wie ich den Deckel öffne. Sobald ich die Schaufel im Streu versenkt habe, steht Gobbolino auch schon neben dem Klo und blickt unfassbar aufgeregt abwechselnd auf die Schaufel, zum Klo und zu mir. Auch Emily unterbricht dann ihre „Ich bin unsichtbar"-Show, materialisiert sich aus einem ihrer Verstecke und nimmt ihren Beobachterplatz auf der Fensterbank ein. Wenn sie welche hätte, würde sie dabei wohl skeptisch eine Augenbraue hochziehen.

Während ich also in den Tiefen des Klos nach den Hinterlassenschaften der beiden grabe, beginnt Gobbo, im Kreis um mich und das Klo herumzutigern. Er macht zwischendurch immer mal wieder halt, um die Vorderpfoten auf den hohen Rand seines Lokus zu legen und zu beaufsichtigen, ob ich auch alles finde, was er für mich versteckt hat. Ich fühle mich an die Ostersonntage meiner Kindheit im elterlichen Garten erinnert. Sobald ich fertig bin, setze ich mich demütig auf die Fersen und warte, bis mein kleiner Kater ins frisch geputzte Klo springt, um mir dort, unschuldig zu mir aufblickend, erneut eine riesige Pfütze vor die Nase zu setzen.

„Geht ihr schon wieder an unser Allerheiligstes?"

Nachdem er fertig ist, vergräbt er sein Geschäft unendlich gründlich, während ich mehr resigniert als geduldig warte. Als er schließlich zufrieden ist und herausspringt, mache ich mich daran, auch dieses Geschenk einzusammeln.

Für Gobbolino ist das das Signal, wie gestochen loszuheizen und scharf in den Flur einzubiegen, um bei meiner Ankunft auf dem Regal vor dem dortigen Katzenklo in Stellung zu sitzen. Das Klo hebe ich dann vom Regal auf den Boden und nehme die Abdeckung ab. Wieder beobachtet mich der kleine Kater. Sobald ich fertig bin, springt Gobbo vom Regal in das nun saubere Klo, geht irgendwann endlich in die Hocke und versucht, nochmals ein paar Tröpfchen zur Einweihung rauszuquetschen. Das Vergraben weniger Tröpfchen scheint ein noch viel komplizierteres Unterfangen zu sein, das dementsprechend seine Zeit braucht. Dann geht es weiter zum dritten Klo und – na, Sie können es sich denken.

Anfangs dachten wir noch, dass wir, indem wir Gobbos schrulliges Verhalten dulden, wenigstens die gründlichste Säuberung an diesem Tag sicherstellen würden. Bis wir bemerkten, dass regelmäßig in dem Moment, in dem wir mit Gobbolino die Arbeiten an Klo Nummer drei beenden, Emily ihren Beobachtungsstand verlässt, um die Klos, angefangen mit Nummer eins im Wohnzimmer, nacheinander zünftig einzuweihen. Nach dem Katzenkloreinigen ist vor dem Katzenkloreinigen. Der gute, alte Sisyphos wäre mit Sicherheit sehr stolz auf uns.

16. Echte Spielertypen

Der Charakter der Katze beeinflusst ihre Spielvorlieben. Kluge Katzenhalter berücksichtigen das bei der Miezenauswahl. Wir nicht.

Zuerst stellten wir fest, dass Gobbolino ein Kontaktspieler ist, Emily aber ein Distanzspieler. Für Gobbolino ist alles interessant, was eine Verbindung zum spielenden Dienstleister – also uns – hat. Dazu gehören Stäbe mit Federn, Stäbe mit Stoffmäusen, Stäbe mit Schnüren oder auch einfach nur Stäbe oder Schnüre. Die richtige Technik sorgt für einen ausgeglichenen Gobbolino. Am liebsten hat er die „Stab wackelt unter der Decke"-Technik. Die fordert ihn zwar nicht so sehr wie die „Stoffmaus rutscht schnell meterweit über den Boden und zuckt qua Gummizug unvorhersehbar zurück, sodass der Kater Salto schlägt"-Technik. Dafür strengt sie auch den Spieldiensthabenden weniger an – sie lässt sich nämlich auf der Couch beim Fernsehen anwenden. Ob dem kleinen Kater das ewige „O, schau, da links guckt der Stab unter der Decke hervor, schnell hin, oh, jetzt guckt er rechts raus, schnell drauf, oh jetzt ist er wieder links ..." langweilig wird? Nie! Ebenso energiesparend und effektiv ist das „Am Fuß von Frauchen ist ein Glöckchen festgebunden"-Spiel. So flitzt Gobbolino mir einfach bei allem, was ich zu Hause erledige, hinterher. Spiele für den Kontaktspielertyp zu organisieren, ist also einfach. Schwieriger sind Distanzspieler zufriedenzustellen.

So einer ist Emmi. Sie ist wählerisch. Sie ist sich für Stäbe zu fein. So können wir sie nur locken, indem wir Kugeln aus Zeitungspapier knüllen und werfen. Irgendwann wird ihr das aber zu doof, pflegen die Kugeln doch nach dem Flug einfach in bewegungsloses und damit höchst langweiliges Liegen überzugehen. Also gehen wir zu Katzenvolleyball über. Dabei thront Emmi über uns auf dem Schrank, und wir werfen abwechselnd Papierkugeln, die sie mit einem gekonnten Tatzenhieb zu uns zurückfeuert. Aktuell spielt Emmi jedoch am liebsten mit ihrer Fliegerflotte. Beim Bau der Papierflieger achte ich darauf, jedem mithilfe geschickt geknickter Ecken eine eigene Flugbahn zu verpassen. Mit Erfolg: Kein Spielzeug war ihr bisher so lange würdig. Klar muss so eine Fliegerflotte regelmäßig am Wochenende gewartet werden.

Zu allem Übel ist es auch noch unmöglich, Emmi zu ignorieren, wenn sie spielen will. Dann setzt sie sich in sicherer Entfernung ins Sichtfeld ihres zum Spielsklaven auserkorenen Menschen und – starrt. Und starrt. Wer das Wort „starren" erfunden hat, war Katzenbesitzer, ganz sicher. Spricht man Emmi an, weil man es nicht mehr aushält, womöglich sogar mit einem „Och, Emmchen, jetzt nicht!", dreht sie ihre Pupillen auf, und aus ihren grünen Augen werden satanisch schwarze Wagenräder. Ich schwöre, ich habe darin schon Höllenfeuer flackern sehen. Wer gestählte Nerven hat und dem standhält, bemerkt irgendwann ein Zucken in Emmis linkem Ohr. Was danach kommt, wissen wir nicht. So lange haben weder ich noch der beste Typ überhaupt je durchgehalten.

17. Der Wohnungswald

Katzen gehören in die Natur. Demnach ist ihre beste Haltungsform eigentlich die als Freigänger. Weil unsere beiden Miezen kurz davor waren, ins Tierheim zu müssen, haben wir sie adoptiert, obwohl wir ihnen im Moment nur eine Wohnung anbieten können. Die ist zwar ziemlich an ihre Bedürfnisse angepasst. Aber einen Indoor-Wald können wir ihnen noch nicht bieten. Oder etwa doch?

Als Emily und Gobbolino einzogen, entschieden wir uns, ihnen Freigang zu ermöglichen, sobald wir wieder umziehen. Bis dahin hetzen wir von einer Miezbaustelle in der Wohnung zur nächsten. Emily würde gern auf der Fensterbank sitzen? Sehr wohl, Mycatlady. Wir statten diese mit einer gemütlichen Kuschelhöhle aus. Gobbo

möchte gern klettern? Zu Befehl, kleiner Kater! Wir bauen zwischen den zwei Kratzbäumen einen Laufsteg an der Wand entlang. Die

Miezen wollen an die frische Luft und Düfte erschnuppern? Wir sichern den Kräuterbalkon und bauen einen Kräuterlaufsteg. Die Miezen möchten den Wald entdecken? Zu Befehl! Bringen wir den Wald eben zu ihnen. Mit einer großen Box ausgestattet, fuhren wir in ein Wäldchen in der Nähe und sammelten Ahorn- und Eichenblätter, Tannenzweige, Eicheln, Kastanien, verschiedene Zapfen, Moosbeläge, trockene Hölzer und junge Äste. Zu Hause drapierten wir alles liebevoll auf dem Katzenbalkon, auf die dortige Sitzbank und die Simse, über die der Katzenlaufsteg führt. Ein paar besonders schön verzweigte Äste und das Birkenstämmchen steckten wir in die Blumenkästen.

„Thai-Basilikum riecht besonders gut. Nicht so … gewöhnlich."

Was unsere Miezen damit tatsächlich erlebten, wissen wir nicht. Beobachten konnten wir jedoch, dass sie stundenlang beschäftigt waren. Fast jedes eingebrachte Stück Wald wurde ausführlich berochen. Ob an den Tannenzapfen wohl mal ein Eichhörnchen geknabbert hatte? War ein Reh einmal über einen der Moosbesätze getrippelt? Wie fand Gobbolino wohl den Geruch des Harzes an dem Stück Baumrinde, das wir an die Lehne der Bank gebunden hatten? Und fluchte er vielleicht (innerlich), als er bemerkte, dass es noch Stunden später hartnäckig an seinem Näschen haftete? War es ein Erfolgserlebnis für Emmi, die kleine Spinne zu fangen, die plötzlich aus einem kleinen Haufen Waldlaub entfloh und sie minutenlang auf der panischen Suche nach einem Versteck in Atem hielt? War es ein schönes Gefühl, mal an dem kleinen Birkenstämmchen die Krallen zu wetzen statt an den Sisalpfosten der Kratzbäume? War das Kratzgefühl vielleicht sogar befriedigender als jenes, das sich am Basslautsprecher einstellt, bevor die Dosenöffner immer panisch einschreiten?

Den ganzen Abend und offensichtlich große Teile der Nacht verbrachten die beiden auf dem Balkon. Letzteres schlossen wir aus dem Umstand, dass wir eine erstaunlich ungestörte Nacht verbrachten. In den nächsten Tagen teilten die Miezen die Beute untereinander auf. Nach und nach wurden Eicheln, Zapfen und Co. an die jeweiligen Lieblingsorte in der Wohnung verschleppt. So brachten sie auch uns ein paar Tage lang den Waldduft in die Wohnung. Das fanden auch wir eigentlich ganz schön.

18. Der unsichtbare Eierdieb

Nur weil Gobbolino nicht zu sehen ist, heißt das nicht, dass er nicht da ist. Allerdings denkt er auch dann, wenn er offensichtlich in unserem Sichtfeld auftaucht, er sei unsichtbar. Zu beobachten ist dieses Phänomen meist, wenn Frühstückseier im Spiel sind. Sobald das Tablett aus der Küche getragen wird, startet Gobbolino sein Theaterstück „Der unsichtbare Eierdieb".

Gobbolino nimmt dann seine Ausgangsstellung im Flur ein. Dort kauernd, schiebt er das Köpfchen um die Ecke. Sobald der beste Typ überhaupt die Frühstückseier köpft, geht der Vorhang auf, und Gobbolino betritt die Bühne. Vorsichtig schleicht er geduckt und natürlich unheimlich unsichtbar – schwarzer Kater vor weißer Tapete – an der Wand entlang bis zum Kratzbaum. Dort nimmt er Deckung im Rascheltunnel und schleicht darin langsam in Richtung Frühstücksarrangement. Zwar ist er nun tatsächlich unsichtbar, dafür aber umso besser zu hören – weil er ja im Rascheltunnel ist. Vielleicht nimmt Gobbolino an, dass wir die knitternden Tapslaute im Rascheltunnel nicht ihm zuschreiben. Es gibt ja auch unendlich viele andere Gründe für Rascheln. Eine im Wind durch die Wohnung tanzende Mülltüte zum Beispiel. Oder hyperaktiven Käse, der sich in der Küche selbst aus dem Käsepapier wickelt. Oder eine Party im Altpapier. Wir wissen nicht, was in seinem Katerköpfchen vorgeht, aber weil wir ihm seine Show nicht vermiesen wollen, tun wir so, als ob wir ihn nicht hörten.

Anscheinend bestätigt das ihm, dass er komplett unsichtbar ist. So springt er ohne Deckung am ersten Kratzbaum hoch und fixiert vom gehobenen Plateau aus durch sein Tarnmäntelchen geschützt die beiden Eier. Danach schleicht er weiter auf den Regalrundgang knapp unter der Decke, der ihn in einem großen Bogen um unseren Frühstückstisch herum führt. Schielt Mensch nach oben, duckt Kater sich weg. Seinen Schwanz, der zwischen den Regalen hin- und herpeitscht, sehen wir natürlich auch nicht, denn der ist ja schließlich unsichtbar. An Kratzbaum Nummer zwei angekommen, geht Gobbolino dann in den Tarnkappen-Bombermodus, springt ab und landet neben mir auf der Couch. Klar, dass ich weder bemerke, dass neben mir vier Kilo Plüsch nach unten segeln, noch, wie sie mit Karacho auf der Sitzfläche neben mir einschlagen.

Jetzt nur kein Fehler! Wir müssen sein Theater bis zum Ende mitspielen. Ein Blick zu ihm, und er hätte versagt. Mit einem enttäuschten „Prrt" würde er frustriert die Bühne räumen. Und Katerfrust führt dazu, dass er abends unausgeglichen ist. Auch nachts. Das würde sich auf unsere Schlafqualität auswirken. Und das will wirklich keiner. Aber wir können ihm das Ei natürlich auch nicht überlassen. Das Finale seiner Unsichtbarkeits-Komödie sieht deshalb wie folgt aus: Wir tunken den Eierlöffelstiel ins Eigelb und legen unsere Hand mit dem Löffel unauffällig hinter uns ab. Der unsichtbare Gobbo leckt dann unheimlich heimlich das Eigelb vom Stiel. Vorstellung beendet, Gobbolino ab, Vorhang fällt, alle Schauspieler brillierten – und der Kater ist mit sich und der Welt zufrieden.

19. Fünf irre Minuten

Gibt man bei Google „Katzen fünf Minuten" ein, erzielt man 541 000 Treffer (Stand 2016). Jedem Besitzer einer Wohnungskatze dürfte das Phänomen also hinlänglich bekannt sein: Vollkommen anlasslos – zumindest aus Sicht des Katzenbesitzers – schaltet der gerade noch friedlich vor sich hin dösende Stubentiger um auf Pelzberserker. Dann fetzt er durch die Wohnung, ohne Rücksicht auf Verluste, Einrichtung oder im Weg stehende menschliche Wesen. Hat man wie wir mehr als nur eine Katze zu Hause, beobachtet man einen Ansteckungseffekt. Startet Gobbo seine fünf Minuten, tut Emmi auch gleich mit, und umgekehrt. Ein bisschen ist es vergleichbar mit dem popkulturellen Phänomen des „Harlem Shake": Erst hängen alle irgendwie faul rum, dann wippt einer im Beat, und wenige Sekunden später gehen alle ab wie ... äh, ja, Schmitz' Katze. Da schließt sich der Kreis. Und Frauchen legt den Kopf quer und sagt zu Herrchen: „Jetzt hammse wieder ihre fünf Minuten."

Vergangenes Wochenende machte ich Frühstück, als der beste Typ überhaupt mit dem Tablet-Computer in der Hand in die Küche kam und verkündete: „Schau, ich habe den Song aus der Werbung gefunden, den du so gut fandst." Tatsächlich, da war sie, diese mitreißende Basslinie, und dann das lustige Gefiepe dazu. Spontan fing ich an, mit den Hüften zu wippen. Der beste Typ überhaupt stieg sofort ein, und bald ergingen wir uns in irren Tanz-Moves in der Küche. Vom Lärm angelockt, steckten Gobbo und Emmi ihre Köpfe durch die nur angelehnte Küchentür und beäugten unser Gehopse. Da legte Gobbo den Kopf quer, und mit einem nachsichtigen Blick schien er Emmi zu signalisieren: „Jetzt hammse wieder ihre fünf Minuten."

Mensch und Katze sind da also gar nicht so unterschiedlich. Bei Katzen geht es in den berühmten fünf Minuten übrigens darum, aufgestaute Energie abzubauen. In den endlichen Gefilden einer Dreizimmerwohnung lässt es sich eben – auch wenn Frauchen und Herrchen sich in zahllosen Spieleinheiten redliche Mühe geben – nur bedingt auspowern. Die fünf Minuten sind aber laut einschlägiger Ratgeberliteratur ein durchaus positives Zeichen, das signalisiert, dass es der Katze gut geht. Denn zum Affen macht sich ja auch der Mensch nicht an jedem x-beliebigen Ort. Sondern vorzugsweise dort, wo man sich wohlfühlt.

Besonders lustig wäre es natürlich, wenn wir es schafften, die fünf Minuten der Katzen und unsere eigenen zu synchronisieren. Von einer Freundin bekamen wir zum Einzug unserer Miezen ein Buch mit dem Titel „Mit Katzen tanzen" geschenkt. Es mutete etwas esoterisch an, so mit Tüchertanz und so, und wir wurden auch den Verdacht nicht los, dass die tanzenden Katzen in die Fotos einfach reinmontiert waren. Ob sich Katzen tatsächlich Tanzschritte beibringen lassen? Aber vielleicht sollten wir das Buch noch einmal rauskramen und mit dem Training beginnen. Und bei den nächsten „fünf Minuten" heißt es dann statt gegenseitiger skeptischer oder gar mitleidiger Blicke: Jetzt alle – „Harlem Shake"!

20. Der „Ohrenmann"

Unseren Kater nenne ich auch „Ohrenmann". Das finde ich süß, aber der Grund dafür ist nicht sehr schön. Kurz nach seinem Einzug entwickelte Gobbo nämlich einen Infekt im linken Ohr, gegen den wir fast ein Jahr ankämpften. Mehrere Narkosen, in dem seine kleinen Babyöhrchen gespült werden mussten, und zwei große Operationen später, bei der Gobbolino auch ein Ohrläppchen eingebüßt hat, scheint er es jetzt aber überstanden zu haben. Damit diese fiese Krankheit auch zu etwas gut ist, fasse ich jetzt die sechs Dinge zusammen, die wir dabei über Katzen in Verbindung mit Tierärzten gelernt haben.

Erstens: Die Einstellung von Stubentigern zu Tierärzten zerfällt in zwei Lager. Die Mehrheit der Katzen sagt: „Wir hassen ihn!" Auch Emmi, obwohl er sie bisher nur geimpft hat. Gobbo gehört zur Minderheit: Er war zwar schon mehr als 15-mal beim Tierarzt – findet ihn aber immer noch nett! Klar, er mag das Gejuckel im Transportkorb und die Untersuchungen nicht. Aber während man sich Emmi schon im Wartezimmer besser nur noch mit Handschuhen nähert, hat Gobbo für den Tierarzt immer erst mal einen neugierigen Blick und einen freundlichen Nasenstupser übrig.

Zweitens: Versucht man, Mieze 1 zu Mieze 2 in den Transportkorb zu stecken, blockiert Mieze 1 – alle Viere von sich gestreckt – das Einstiegsloch, damit Mieze 2 entkommen kann. Es ist sinnlos, der nun im Transportkorb gefangenen, plärrenden Mieze 1 zu erklären, dass das zu ihrem Besten geschieht. Versucht man dann, Mieze 2 pfotenrudernd wieder zu Mieze 1 in den Korb zu stecken, büxt Mieze 1 aus. Das Spielchen spielt man so lange, bis man doch das Geld für eine zweite Transportkiste ausgibt. Und ein paar dicke Arbeitshandschuhe kauft.

Drittens: Niemals, wirklich niemals vergessen, den Transportkorb mit saugfähigem Material wie Zeitungspapier, Küchenrolle oder Inkontinenzeinlagen auszulegen. Fragen Sie nicht.

Viertens: Katzen, die vorher in einem Korb ohne saugfähiges Material transportiert wurden, hernach abzuduschen, ist unmöglich und der Versuch schmerzhaft. Und außerdem ist es schlecht für den Zustand des Badezimmers. Fragen Sie nicht.

Fünftens: Katzen sind fies zueinander. Wenn eine Katze bedröppelt vom Tierarzt kommt, wird sie von der Zweitkatze nicht getröstet, sondern erst recht verhauen. Weil sie nicht riecht, wie sie riechen soll. Da hilft nur: trennen. Dann mit demselben Handtuch abrubbeln. Und wenn das nicht klappt: Puddingpulver über beide Miezen kippen, einmassieren. Dann kann Mieze 1 nicht mehr behaupten, dass Mieze

2 schlecht riecht. Denn für Katzennasen riechen dann beide schlecht. Und für Menschennasen ziemlich gut. Hmmm, Vanille.

Sechstens: Trägt Mieze einen Trichter über dem Kopf, gibt es Probleme für Mensch und Tier. Abgesehen von Macken in Tapete, Putz & Co., nein, auch der Napf ist unerreichbar. Was tun? Man nehme eine umgedrehte Tasse und befestige mit etwas doppelseitigem Klebeband den Napf oben drauf. Nun kann die Mieze bequem stehend den Kopf weit genug überstülpen, um mit der Zunge einmal über das Futter zu lecken, es dann angewidert stehen zu lassen und auf das Nachmittagsleckerli zu warten. Alles wieder in bester Ordnung also.

21. Tatz-Sachen-Bericht

In jedem siebten deutschen Haushalt lebt einer Erhebung von Ende 2013 zufolge mindestens einer von sieben Millionen Hunden. In sogar fast jedem fünften Haushalt leben – wohl meist sogar mehrere – Katzen, insgesamt 11,5 Millionen an der Zahl. Hundehalter sind leicht zu erkennen, schließlich müssen sie mit ihrem Tier zweimal täglich vor die Tür.

Katzenbesitzer sind öffentlich weniger leicht zu erkennen. Die einen lassen ihre Katzen morgens einfach raus – „Bis heute Abend dann!" – , die anderen ihre „Stubentiger" nie. Handelt es sich bei den Katzenbesitzern auch um Balkonbesitzer, kann man sie vielleicht am dort aufgespannten Katzennetz erkennen. Kaum einer rennt jedenfalls mit angeleinter Katze einmal um den Block. Wäre man besonders erpicht darauf zu erfahren, wer aus der Nachbarschaft sein Leben mit einer Katze teilt, könnte man natürlich einige Samstage in Folge von 8 bis 21 Uhr vor den einschlägigen Regalen der Supermärkte in der Umgebung ausharren, um auszuspionieren, wer Katzenfutter kauft.

Wie man zumindest einen Teil der Katzenbesitzer – besonders die Neulinge unter ihnen – dennoch identifizieren kann, verrate ich jetzt: Nicht an ihren Taten – wie dem Gassigehen der Hundebesitzer –, nein:

An ihren Tatzen (!) sollt ihr sie erkennen! Dosenöffners Hände sind oft von den Krallen ihrer tierischen Lieblinge gezeichnet. Katzen kratzen nämlich nicht nur liebend gern an dazu bestimmten „Bäumen", sondern auch dann und wann ihren Besitzer, wenn dessen Handeln ihnen nicht passt – oder eben auch, wenn dessen Handeln ihnen gut passt, zum Beispiel ganz plötzlich beim wohlig-schnurrenden Durchgekrault-werden. Möchten Sie andere mal mit ihren detektivischen Fähigkeiten beeindrucken, dann achten Sie beim Händeschütteln mal auf entsprechende Kratzer und fragen dann ganz unvermittelt, was der kleine Schlawiner denn am liebsten frisst.

Ab und zu bekomme auch ich mal einen Kratzer ab. Meist könnten Sie mich auf die eben beschriebene Art und Weise aber nicht als Katzenbesitzerin entlarven. Müssen Sie freilich auch nicht, ich habe mich ja durch die Autorenschaft dieses Büchleins schon hinreichend als solche geoutet. Aber den besten Typen überhaupt könnten Sie sofort überführen. Er achtet nicht so sehr auf Katzenmimik (vor allem Augen und Ohren) und -gestik (vor allem der Schwanz) von Emily und Gobbolino. Bei Gobbo kommt er damit auch insofern durch, dass der sich ungebetener Streicheleinheiten in aller Regel durch Entwinden entzieht. Bei Emmi hat er dafür umso häufiger „eine kleben". Und auch von Gobbo tragen seine Hände oft Spuren davon, weil der sich von ihm gern am Bauch streicheln lässt, daran aber regelmäßig ein Festkrallen und Strampeln mit den Hinterbeinen und eben auch Krallen anschließt.

Unlängst berichtete mir der beste Typ überhaupt, mittlerweile könne er Emmis Signale schon viel besser deuten. „Und warum hast du dann hier einen so frischen Kratzer?", fragte ich ihn, auf seine Hand deutend. „Ja, ich hatte schon so im Gefühl, dass sie mich wahrscheinlich gleich hauen würde." „Aber?" „Na ja, sie hatte doch gerade so schön geschnurrt, und da wollte ich nicht aufhören." Er lernt es hoffentlich noch.

22. Der Technikater

Unser Kater Gobbolino ist ja, wie Sie ja schon mitbekommen haben dürften, von der neugierigen Sorte. Vieles an seiner Dreizimmerumgebung findet er – zu unserer großen Freude – hoch spannend. Und allem will er – manchmal zu unserem Leidwesen – auf den Grund gehen. Verschlossene Türen zum Beispiel – unglaublich interessant! Nachdem ihm nun zumindest tagsüber das ursprünglich als katzenfreie Zone gedachte Schlafzimmer offensteht – ich berichtete –, gilt seine Aufmerksamkeit verstärkt dem Gäste-WC (sehr interessante Wassergeräusche) und dem Badezimmer (außerordentlich interessante Wassergeräusche). Besonders fasziniert ist Gobbo aber – da ist er ein ganzer Kerl – von Technik. Zum Beispiel der Spülmaschine. Wann immer diese offen steht, schnuppert der kleine Kater aufgeregt an den frisch gesäuberten Gabeln, Messern und Löffeln im Besteckkorb. Mittlerweile ist bei Gobbo freilich schon ein gewisser Gewöhnungseffekt in Bezug auf die Spülmaschine festzustellen. Gobbos besonderes Augenmerk in der Küche gilt jetzt dem Wasserfilter. Der ist erstens noch relativ neu. Zweitens hat Gobbo wohl schon mitgekriegt, dass wir damit auch seinen Katzenbrunnen befüllen. Der Wasserfilter ist somit etwas, das ihn unmittelbar angeht, was bei der Spülmaschine nicht der Fall ist. Drittens macht er Wassergeräusche! Und viertens ist der Wasserfilter mit seiner beweglichen Klappe aber auch einfach ein dermaßen interessantes Teil.

Die Spülmaschine mag schmutziges Geschirr in sauberes verwandeln, schön und gut. Aber der Wasserfilter verwandelt Wasser ... in ... Wasser! Wow! Vielleicht hat Gobbolino bemerkt, dass sein Wasser jetzt weniger kalkig schmeckt. Was das Teil auf jeden Fall interessant macht, ist das stete Tröpfeln. Stünde der Kater nur davor und ließe sich davon berieseln, hätte ich ja nichts gegen seinen neuen Fetisch. Aber Gobbo will den Dingen ja auf den Grund gehen. So drückt er mit seiner Tatze immer die Öffnungsklappe ein und pflegt dabei regelmäßig das ganze Gerät umzuwerfen und den Boden zu fluten. Die Begeisterung für den Filter muss deshalb vom besten Typen überhaupt und mir mittels ständig geschlossener Küchentür leider in sehr enge Bahnen gelenkt werden. Gewähren lassen wir den kleinen Fratz dagegen meist hinsichtlich seines dritten technischen Fetischs, dem Fernseher. Während Emmi das Geschehen auf dem Bildschirm abends passiv von ihrem Kratzbaum oder vom Wohnzimmerregal aus verfolgt, ist Gobbolino ein eher aktiver Zuschauer. Wo sind denn all diese Menschen, Tiere und Dinge, die da erscheinen? Wo gehen die hin, wenn die aus dem Bild gehen? Das will erforscht werden! Und so hinterlässt er seine Tapser auf dem zugegebenermaßen nur selten staubfreien Fernsehmöbel oder balanciert auf der Kante des Flachbildschirms, um dahinter zu schauen – da stockte uns beim ersten Mal kurz der Atem, aber jetzt wissen wir, dass der Fernseher den Kater aushält, und lassen ihm (und uns) die Freude. Nur wenn er direkt vor dem Bildschirm herumstöbert, stoppen wir Gobbos Erkundungsdrang. Wir wollen schließlich auch noch was sehen.

23. Tierischer Regentanz

Nein, ich werde nicht den althergebrachten Vergleich zwischen Hunden und Katzen heranziehen. Ach, vielleicht doch. Folgende Situation: Es regnet. Das Tier will raus. Der Mensch denkt an den hernach absehbar vermatscht-betatzten Fußboden und will das nicht. Also nölt das Tier rum. Beispiel Hund: Da stand früher meine Neufundländer-Hündin Vita an der Balkontüre. Wild schwanzwedelnd, aufgeregt winselnd, in schnell aufeinanderfolgendem Wechsel sehnsüchtig zu mir und wieder in den Garten blickend. Kleine vergängliche Hechelwölkchen an die Scheibe pustend. Die Sache war klar: Der Hund will raus. Also kämpfte man sich an ihm vorbei, mit der einen Hand den massigen Kopf (Hund: großer, brauner Neufundländer, ich: kleine Grundschülerin) wegschiebend, mit der anderen die Balkontüre bedienend. Sobald die Hundenase durch den Türspalt passte, war auch schon der ganze Hund durch. Es folgten drei schnelle Runden in hundetypischer freudiger

Euphorie und Dankbarkeit durch den matschigen Garten, bevor Vita zurücksprintete und mich via Nasenstubser zum Spielen aufforderte. Der Boden war nach unserer Rückkehr natürlich versaut. Beispiel Katze: Wenn Emmi bei Regen raus will, ist das weniger ein aufgeregt-freudiges Auffordern, sondern ein konzentriertes Fordern. „Katze, du willst doch gar nicht in den Regen!", sage ich dann zu ihr. Doch Emmis Blick sagt, dass sie einen verbrieften Anspruch darauf hat, dass man ihr sofort die Tür öffnet. Dann eskaliert das Ganze.

Eskalationsstufe 1: Sie maunzt und dreht sich dreimal um die eigene Achse – nach ein paar Wiederholungen ohne den gewünschten Effekt folgt **Eskalationsstufe 2**: Emmi springt auf die Fensterbank neben der Balkontüre, stellt sich auf die Hinterbeine und legt die Vorderpfötchen adrett auf der Türklinke ab – und starrt mich an. Und maunzt kläglich. Und starrt. Reagiere ich nicht, folgt **Eskalationsstufe 3**: Sie holt Gobbolino zu Hilfe, indem sie ihm zublinzelt, ihr Schnäuzchen anhebt und gurrt: „Prt". Vielleicht verspricht sie ihm irgendetwas. Oder droht ihm. Was auch immer es ist, es funktioniert. Der kleine Kater erhebt sich verschlafen aus seiner Hängematte, dehnt sich genüsslich und schlendert dann zur Balkontüre. Dort setzt sich der sonst nicht gesprächige Kater hin – und fängt an, lang gezogen zu röhren. Also den Stimmbruch haben wir definitiv hinter uns. Und der Lautstärke nach zu urteilen, muss er ein Megafon verschluckt haben.

Ja doch. Okay, okay. Wenn es sein muss. Hektisch stürze ich nach vorn und öffne die Balkontüre. Und sobald die Katzennase durch den Türspalt passt ... macht Emmi einen Satz nach hinten und mustert konsterniert abwechselnd die Türe und mich: „Was prasselt denn da?!" Gobbolino stellt an diesem Punkt seinen Alarm ein, beschnuppert die reinströmende Luft, gähnt, macht kehrt und schlendert gemächlich wieder in Richtung Hängematte davon. Nun beriecht Emmi ihrerseits die regennasse Luft. Dann setzt sie eine Tatze auf den Balkon, zuckt zusammen, guckt empört zu mir hoch – „Bäh! Dieses Zuhause ist eine Zumutung!" – und flitzt ins Schlafzimmer, um die benetzte Pfote durch

Treteln auf dem Bett wieder zu trocknen. Wenigstens müssen wir dann nur neu beziehen und nicht gleich den ganzen Boden putzen.

24. Der Rauken-Rabauke

Obwohl seit dem Altertum als Nutzpflanze verwendet, war die Rauke lange nicht beliebt in Deutschland. Erst der Trend zur mediterranen Küche hat ihr hierzulande – meist betitelt als Rucola – Aufwind beschert. Einige pflanzen sie sogar auf dem Balkon an. Zum Beispiel meine Nachbarin. Weil wir ein Wochenende lang ihre Blumen gegossen haben, schenkte sie uns einen Kübel mit 20 Setzlingen. Das ist eine Woche her, die leider nur zwölf Setzlinge überlebt haben. Der Grund: Der Kater liebt die Rauke. Allerdings geht es Gobbolino nicht um die gesundheitlichen Aspekte der mediterranen Küche. Nein, er ist auf Beute aus. Und die zarten Raukesetzlinge sind die perfekten Opfer auf unserem reich bepflanzten Balkon. Ein bisschen Ziehen reicht, schon kann man sie entführen! Gobi bringt sie dann stolz zu den anderen erbeuteten Gegenständen – Eierschalen, Kronkorken, diversen Spielzeugen – auf den grünen Teppich im Wohnzimmer. Hier lagert sein Diebesgut.

So wurde ein Ritual daraus. Der beste Typ überhaupt öffnet morgens die Balkontür und holt die große Kanne. Während er sie im Badezimmer füllt, macht Gobbo in meinem Beisein seinen ersten Balkonrundgang: Näschen an die Himbeeren, autsch, okay, die stechen immer noch. Vorbei an Kamille und Erdbeerpflänzchen. Da ist alles beim Alten. Dann weiter auf dem Balkon-Catwalk: Am Oreganostrauch wird ein Blättchen geknabbert, am widerlichen Koriander geht es naserümpfend vorbei. Das Basilikumkraut wird angestupst, der dadurch freigesetzte Duft kurz genossen. Zitronenmelisse riecht nach Badewanne, bäh. Schnell vorbei zu Rosmarin und Katzengras. Dann kommt auch schon Herr Dosenöffner mit der Kanne zurück. Ob er alles richtig gießt, wird von Gobbolino genauestens überwacht.

Zuletzt bekommt die Rauke Wasser. Der Kater steckt auch hier die Nase in den Topf, guckt hoch zu mir und legt die Öhrchen zurück. Ich weiß: Jetzt hat er wieder eine Idee. Diese eine Idee. Wie jeden Morgen. Seufzend hinterfrage ich kurz unseren Ansatz, unsere Katzen antiautoritär zu erziehen, und verschwinde in die Küche, um Kaffee zu kochen. Während der beste Typ überhaupt im Badezimmer die Kanne für die letzte Gießrunde füllt, ist die Luft rein: Der Raubzug wird gestartet. Angestrengte Gurrlaute vom Balkon deuten an: Etwas geht vor sich. Tapslaute auf dem Wohnzimmerlaminat bedeuten: Beute auf dem Weg zum Beutelager. Ein Blick ins Wohnzimmer bestätigt: Ein traurig entwurzelter Setzling wartet auf dem grünen Teppich auf erste Hilfe, ein Kater sitzt stolz darüber. Er hat glücklicherweise nichts dagegen, dass man den Setzling wieder einpflanzt. Sonst hätten wir gar keine Rauke mehr. Mittlerweile hat die Rauke es überstanden: Sie hat sich tief im Erdreich festgekrallt und trotzt dem diebischen Kater. Der jedoch hat ein neues Opfer für sein morgendliches Ritual gefunden. Jetzt erwarten uns grausam aus dem jungen Leben gerissene, geköpfte Kamilleblüten auf dem grünen Teppich. Die kann man leider nicht mehr retten, aber hey: eine Blumenwiese im Wohnzimmer! Der Kater hat irgendwie Stil!

25. Drogen und Spiele

Der Plan: ein Spiel, mit dem sich die Miezen selbst beschäftigen. Die Theorie: bekämpft die Langeweile, wenn wir weg sind oder schlafen wollen. Die Praxis: Das Spielzeug interessiert erst mal keine müde Mieze. Aber die Feliden haben die Rechnung ohne Homo Sapiens gemacht. Denn der weiß Abhilfe! Aber eines nach dem anderen.

Die Rezensionen überschlugen sich. Die Anschaffung der sogenannten „Speed-Schiene" mit dem rot blinkenden Ball darauf versprach stundenlanges Wohnungsmiezenspielglück bei gleichzeitiger Entspannung für Dosenöffner. Sie besteht aus oben genannter Schiene und einer durchsichtigen Abdeckung mit unregelmäßig verteilten

Löchern darüber. Die Schiene verläuft in kleinen Hügelchen, sodass der darauf laufende Ball mal schneller, dann wieder langsamer wird. Durch die Öffnungen in der Abdeckung lässt sich der Ball mit aufgeregten Katzenpfötchen weiterschubsen. Und weil das Teil ein Kreis ist, läuft das Spiel besonders rund. So die Theorie. Ich kaufte. Ich baute auf. Ich zeigte es den Miezen, in der Erwartung, dass sie sich dankbar darauf stürzen und damit stundenlang beschäftigt sein würden. Doch als Emmi auf mein Rufen hin ins Wohnzimmer tapste und das Teil auf dem Boden gewahrte, war sie irritiert statt ekstatisch und hielt meterweit Abstand. Nicht so Gobbo. Er trabte an und beäugte das Spielzeug. Hoffnung keimte auf. Sein zielloses Schnuppern zeigte jedoch, dass er nicht kapierte, zu was das Ding gut sein sollte. Riecht komisch. Sieht komisch aus. Tut nix. Zurücksinkende Schnurrhärchen signalisierten, dass Gobbolinos Interesse erlosch. Schnell führte ich ihm vor, was er tun sollte: Durch eines der Spiellöcher gab ich dem Ball einen kleinen Schubs, woraufhin dieser wild blinkte und geräuschvoll über die Schiene sauste. Schnell zog der kleine Kater seinen Kopf zurück, beobachtete aber mit frisch erwachter Neugier die Szene. Emily hingegen katapultierte sich vor Schreck mit allen Vieren krallengespreizt senkrecht in die Höhe, landete mit gesträubtem Fell wieder auf ihrem Ausgangspunkt, merkte, dass diese doofe Aktion sie keinen Meter weiter weg von dem lärmenden Teil gebracht hatte, und stürmte daraufhin erst mal ins Schlafzimmer. Gobbolino schickte sich leider nicht an, die nun wieder apathisch liegende Kugel erneut selbst anzustoßen.

Wochenlang lag die Spielschiene unberührt im Wohnzimmer. Dann kam mir die Idee: Katzenminze! Die beiden lieben sie. Kommen sie damit in Berührung, flippen sie aus, lecken alles auf, suchen wie wild überall nach mehr und wälzen sich dort, wo die Minze lag. Dann fangen sie an, wild zu spielen. Und schließlich sind sie müde und schlafen ein paar Stunden. Ich streute also Katzenminze in und neben die Schiene. Und tatsächlich: Erst wird geleckt, dann nach mehr gesucht. Das finden die Pfötchen in der Schiene und stoßen dabei zufällig auch den Ball an. Letzterer, nun flitzend, wird sodann wild gejagt. Und zuletzt schlafen die Miezen erschöpft ein. Ha! Dosenöffners Freizeit ist gesichert!

26. Auf Derridas Spuren

Wie bereits erwähnt hat unser Kater ein Faible für Wassergeräusche. Ganz besonders fasziniert ist Gobbolino vom Gäste-WC. Und so wird die an diesem Ort unerlässliche Entspannung nicht selten dadurch gestört, dass von außen ein wasserwildgewordener Kater ausdauernd wie ein Duracell-Häschen gegen die Tür springt. Der beste Typ überhaupt ist ein großer Gelegenheitsphilosoph, und manchmal muss er nachts mal raus. Was das miteinander zu tun hat? Geduld. Dazu komme ich jetzt. Meistens muss er also nachts so gegen vier Uhr raus. Das ist genau die Stunde, in der auch Gobbolino die Lider zu öffnen pflegt, um in Richtung Schlafzimmertür zu stromern. Der beste Typ überhaupt schält sich dann aus dem Bett, schiebt den Fuß durch die Schlafzimmertür und gleichzeitig das ungeduldig hereindrängende Katerschnäuzchen zurück. Und sah sich, schlaftrunken, bis vor kurzem mit einem Dilemma konfrontiert: Sich erst dem Verlangen der Blase (nach Leerung) oder dem Verlangen des Katers (nach Streicheleinheiten) widmen – das war hier die Frage. War es nicht allzu dringend, erhielt meist der Kater den Vorzug.

Mehr Philosophie gefällig? Bitte sehr: Der beste Typ überhaupt las mir unlängst aus einem Artikel vor, dass der französische Philosoph Jaques Derrida sich intensiv mit seiner Scham, sich vor seiner Katze nackt zu zeigen, auseinandergesetzt hatte. Mein Liebster entschied daraufhin – im Gegensatz zu Derrida – angesichts seines allnächtlichen Dilemmas ganz pragmatisch, Gobbo fortan mit aufs Klo zu nehmen, um ihn einfach dort zu streicheln. Aufgeregt, so berichtete er, streiche der Kater dann in Achten um seine Beine herum und freue sich über die Gesellschaft und natürlich das Plätschern – ein Schamproblem wie Derrida haben die beiden offensichtlich nicht. Gobbos Faszination für das Gäste-WC wurde dadurch nicht geringer, und nun öffnet der beste Typ überhaupt ihm den Türspalt auch tagsüber. Dann dauern Gobbos Besuche nur kurz. Einmal um die Beine rum, hmmm, ja alles in Ordnung, weitermachen, lässt du mich bitte wieder raus? Nachts ist er anscheinend wesentlich anhänglicher. Ich halte es in dieser Frage mehr mit Derrida und habe mich für katzenfreie Klogänge entschieden: Wenn ich mal muss, muss Mieze draußen bleiben. Gobbos nächtliche Klogänge mit meinem Liebsten führen jedoch dazu, dass es gar nicht mehr still ist, sobald auch ich die Tür des stillen Örtchens hinter mir schließe. Lautes Gezeter und das Rumpeln an der Tür künden davon, wie unfair der Kater das findet. Außerdem reichen ihm die geführten Gäste-WC-Besichtigungen nicht mehr. Immer öfter finden wir deshalb die Tür des Gäste-WCs geöffnet vor, wenn wir nach Hause kommen – Türen zu bedienen ist für Gobbo mittlerweile die leichteste Übung. Seitdem haben wir uns angewöhnt, den Klodeckel immer zu schließen, damit er nicht reinklettert. Wir vermuten aber, dass die Klobesuche des Katers in unserer Abwesenheit nie sehr lange dauern. Würde Gobbolino Toiletteninschriften hinterlassen, stünde da wahrscheinlich: „Gobbo war hier. Wasser nicht. Dosenöffner auch nicht. Laaaaangweilig."

27. Kätzischer Komparativ

Das „Tretel"-Phänomen gibt es bei vielen Miezen: Sie schnurren und treteln dabei in schnellem Rhythmus mit den Vorderfüßen. Es ist ein Überbleibsel vom sogenannten Milchtritt, also der Bewegung, die Minimiezen an der Zitze der Mutter vollführen, um den Milchfluss anzuregen. Gobbolino tretelt sehr gern abends auf einem auf unserem Schoß drapierten Fellkissen. Emmi tretelt sehr gern morgens auf dem Bett, sobald wer aus der Dusche kommt. Das ist süß. Aber auch oft schmerzhaft und manchmal der Grund, warum ich in Zeitnot gerate. Außerdem lernt man dabei etwas über die Steigerung kätzischer Wiewörter.

Der Milchtritt ist die häufigste Form von Schmusen, die wir bei unseren Katzen beobachten. Klar, beide geben Köpfchen und wuseln um unsere Beine. Aber Schoßkuschelkatzen sind sie nicht. Gobbo zum Beispiel sitzt nur unter einer Bedingung auf uns herum: Sein heiß geliebtes Fellkissen muss untergelegt sein. Dann startet er umgehend den Tretelmodus. Dabei sieht er irgendwie zugedröhnt aus. Die Augen auf Halbmast, das Schnäuzchen etwas zu genüsslich geschürzt oder gar halb offen, die Ohren wirr umherdrehend wie Satelliten mit Triebwerkschaden. Und laut schnurrend, wobei er sich dabei – wegen verstörender Geräusche aus dem Fernseher – manchmal verschluckt. Dann gluckst der Schnurrmotor kurz, Gobbo erwacht aus der Tretel-Trance und guckt vorwurfsvoll – klar, wir sind ja schuld. Nach einer kleinen Pause geht's aber wieder los. Tretelt er, ohne sich zu verschlucken, schiebt er die Pfötchen auf dem Kissen stetig höher und merkt am Ende in seinem Delirium gar nicht, dass er seine Krallen statt in weiches Kunststofffell plötzlich in empfindlicher Dekolleté-Haut versenkt. Mir bleiben rote Punkte im Ausschnitt, die ich nach außen als trendige Körperschmuckvariante verkaufe.

Aber auch Emily tretelt. Zu den unmöglichsten Zeitpunkten. Immer dann, wenn ich morgens mit dem Handtuch um den frisch geduschten Körper geschlungen aus dem Bad tapse, um mich in Ruhe anzuziehen. Mit einem „Prrt" kündigt sie an, dass ich mir doch bitte meine Pläne für den weiteren Verlauf der nächsten 20 Minuten abschminken könne. Keinen Schritt lässt Madame ab jetzt unkommentiert, bis sie bekommt, was sie will. Ich gehe durch den Flur, sie hebt erwartungsvoll Kopf und Schwanz und trippelt vor mir her. Ich trete ins Schlafzimmer, Emmi sagt „meng" und springt auf das Sideboard auf die perfekte Streichelhöhe. Ignoriere ich sie, starrt sie mir erbost nach, bis ich den Schrank erreiche, und springt mit einem empörten „mrrrreng" auf das gegenüberliegende Bett. Darauf läuft sie im Kreis herum und skandiert „meheheheng", bis ich mich ihr statt meinem morgendlichen Fortkommen widme.

Das kätzische Adjektiv „meng" verhält sich also in der Positiv-, Komparativ- und Superlativform – analog zu nervig, nerviger, am nervigsten – wie folgt: meng, mrrreng, meheheng. Am Ende streichle ich sie doch – und dann tretelt sie. Was will man machen. Ist doch so niedlich.

28. Stubentigers Schandtat(en)

Seit Gobbolino keine Ohrenentzündung mehr hat, hat er den frei gewordenen Platz zwischen seinen Öhrchen mit reinem Unsinn gefüllt. Wer bei uns zu Besuch ist, erlebt einen kreuzbraven Gobbolino, der in seiner Hängematte schnurrt, sowie eine unsichtbare Emmi. Bei Besuchern entsteht so der Eindruck, unsere Katzen seien gesittet. Wer Gobbolino kennt, weiß es besser. Er ist zuckersüß. Und er ist ein ziemlicher Rüpel. Zeit, seine Schandtaten offen zu benennen. Einige davon dürften Ihnen als aufmerksamem Leser bereits bekannt sein.

Hefte raus, Klassenarbeit: Wer buddelt Tag für Tag auf dem Balkon die Rauke aus? Richtig – Gobbolino. Wer zeichnet für das Umgraben der Katzengrastöpfe im Wohnzimmer verantwortlich? Wer befördert pfundweise Katzenstreu aus dem Katzenklo, und zwar aus reiner Frackigkeit, wie wir aus dem Fehlen sonstiger Hinterlassenschaften schließen können? Natürlich: Gobbolino. Weiter im Quiz: Wer mobbt seine Mama, obwohl er sich meistens eine fängt? Gobbolino. Wer pult den Gleitschutz unter dem Teppich hervor? Gobbolino. Wer kratzt an den Lautsprechern rum, obwohl es nicht weniger als vier legale Kratzmöglichkeiten in unserer Wohnung gibt? Gobbolino. Wer baut sich demonstrativ extrabreit vor dem Fernseher auf, wenn seine Dosenöffner sich berieseln lassen wollen? Dreimal dürfen Sie raten. Wer schmeißt, von abgrundtiefem Koffeinhass besessen, dauernd meine Kaffeetasse um, die ich morgens – noch halb im Schlaf – leider allzu oft halb voll irgendwo rumstehen lasse? Gobbolino. Zwar bemüht sich der beste Typ überhaupt, meine Kaffeereste hinter mir einzusammeln und in der sicher verrammelten Küche zu deponieren, bevor sie der Kater in Kaffeepfützen auf dem Laminatboden verwandelt. Aber wer ist wohl teuflisch gut darin, den richtigen Moment abzupassen, da der beste Typ überhaupt unter der Dusche verschwunden ist? Jawohl – unser Gobbolino. Wer wirft überhaupt gern Sachen herunter, einfach um zu gucken, was passiert? Gobbolino. Und wer benutzt die dann auf dem Boden liegenden Sachen gern, um – was schon an sich grober Unfug ist – die Reste seines Nassfutters zu verscharren, was eine ziemliche Sauerei ergibt? Gobbolino. Wer verwöhnt uns, wenn wir uns doch einmal haben erweichen lassen, ihn nachts im Schlafzimmer bleiben zu lassen, mit derlei geräuschvoller Sachenrunterschmeißerei? Gobbolino. Wer galoppiert ansonsten zu nachtschlafender Zeit den an unser Schlafzimmer grenzenden Flur rauf und runter? Gobbolino. Wer springt um 4 Uhr morgens an der umgedrehten Türklinke des Schlafzimmers hoch? Gobbolino. Wer scharrt ansonsten um dieselbe Zeit ersatzweise unten am Türspalt herum? G-O-B-B-O-L-I-N-O. Und wer weckt uns dann, unterlegt mit kläglichem Maunzen, morgens eine Viertelstunde, bevor der Wecker geklingelt hätte? Falsch. Das ist Emmi. Gobbolino, erschöpft von seinen nächtlichen Schandtaten, liegt zu diesem Zeitpunkt dösend in seinem Wäschekörbchen.

29. Cat in the Box

Wir Katzenhalter verwöhnen unsere Stubentiger mit luxuriösen Höhlenmöbeln, Kuschelhöhlen, Tierbetten und Hängematten. Dazu mit jeder Menge exquisitem Spielzeug. Doch das alles wird unseren Miezen zu ordinär, wenn folgende Wunderdinge ins Spiel kommen: Pappkartons, Papiertüten, Einkaufskisten oder Wäschekörbe.

Letztere vorzugsweise gefüllt mit frisch Gewaschenem. Laut Emilys Kinderstubenbetreuerin wurde Gobbos Geburt diesbezüglich zum Exempel. Da hatte die gute Katzenfreundin mit viel Liebe eine Wurfbox für die hochschwangere Emily gebaut und in die Quarantänestation im Waschraum gestellt, nur um eines Morgens festzustellen, dass die eigenwillige Umständlerin ihre Kitten doch im Wäschekorb zur Welt gebracht hatte. Wenigstens hatte es sich um des Waschgangs harrende Wäsche gehandelt. Bei uns bevorzugt Emily nun meist frische Wäsche, in die sie sich kuschelt, sobald der beste Typ überhaupt etwas zum Bügeln bereitstellt. Und ihr liebevoll mit Plüsch ausgekleideter Katzenkorb hat ausgedient, bis der Bügelvorgang seinen Lauf genommen und die Wäsche ihren Weg in unseren Schrank gefunden hat. Ich muss nicht erwähnen, dass auch Emily den Weg in unseren Schrank findet, wenn wir nicht aufpassen. Tonnenweise frische Wäsche – ein Paradies! Gobbolino ist da eher Purist. Er steht nicht auf Körbe mit frischer Wäsche, sondern auf jene ohne Inhalt. Sobald das letzte Stück herausgenommen ist, springt er rein und bleibt beharrlich sitzen – auch dann, wenn wir ihn damit wegtragen.

Noch lieber hat er Kartons. Da ist es natürlich ein Glücksfall, dass seine Dosenöffner allerhand Waren via Post kommen lassen. Wann immer der Postmann zum Abschied grüßt und der Karton im Flur abgestellt ist, sitzt der Kater auch schon selig schnurrend darauf. Aus Freude wird Ekstase, wenn der Karton mit allerhand knisterndem Verpackungsmaterial halb leer zurückgelassen wird. Wie ein Militärrekrut im Matsch robbt er dann geräuschvoll durch das unwegsame Gelände im Karton und schlägt nach (für uns) unsichtbaren Kartonläusen. Wir haben aufgehört, uns über diese Eigenart unserer Katzen zu wundern, aber auch, ihnen teure Spielzeuge zu kaufen. Etwas, das den Kätzchenkopf fördert, soll her? Wir nehmen den Flaschen-Karton und stellen ihn auf die Seite. Dann schieben wir Snacks in einige Flaschenabteile – der Kater ist erst mal beschäftigt. Löcher in einen anderen schnöden Karton gebohrt und das hintere Teil der Katzenangel zur Katze im Inneren durchgesteckt: Fertig ist das „Fang den schnellen Wurm"-Spiel. Und das Beste: Eine Katze im Karton und eine daneben ergibt ein Pfötchenfangspiel, das die beiden so lange beschäftigt, dass wir unsere Wäsche unbemerkt im Schrank in Sicherheit bringen können. Ha!

„Eine BOX! Geb' ich nicht mehr her. Nö. Ist jetzt meins. Deal with it."

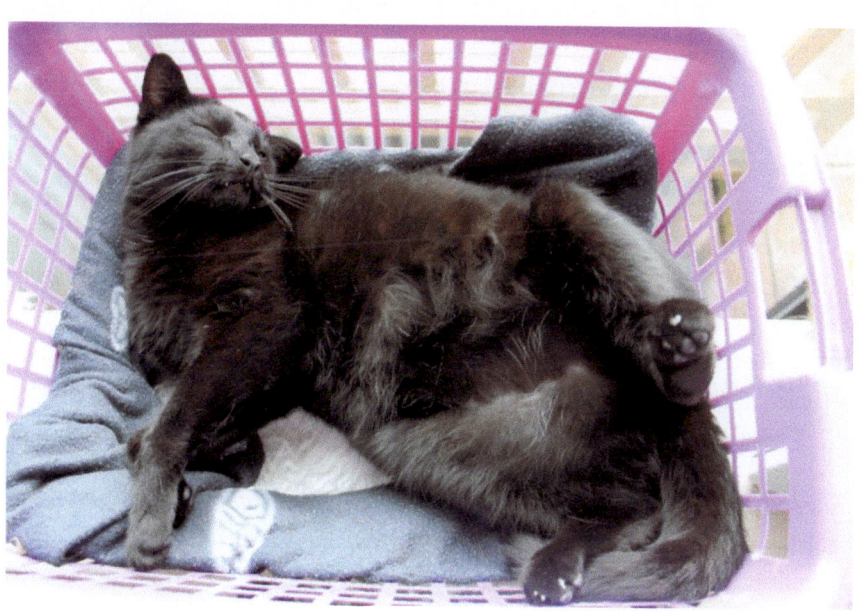

30. Mag Mieze uns?!

Der gemeine Dosenöffner führt in der Regel innerlich eine Diskussion mit sich selbst. Weil er zwischen zwei Ansichten schwankt. Einerseits will er nicht glauben, dass Katzen ihre Dosenöffner eigentlich nur dulden, wenn nicht sogar hassen. Schließlich tun sie ja manchmal so, als würden sie uns mögen. Andererseits gibt es haufenweise Indizien dafür, dass die Katze einen nicht leiden kann. Unser Glaube an die Liebe unserer Miezen ist jedenfalls erschüttert: Unglaubliches geschah.

Von unseren zwei Balkonen haben wir den Kräuterbalkon unseren beiden Miezen gewidmet. Ein Katzennetz schützt sie vor dem fünf Stockwerke tiefen Fall auf den Asphalt. Ein Laufsteg führt an würzigen Küchenkräutern und mehreren Aussichtsplattformen vorbei und über verschiedene Untergründe – Abwechslung für die kleinen Pfötchen. Einige Blüten mit leckerem Nektar sorgen für Fliegen und Käfer zum Jagen. Man sollte meinen, die Miezen könnten zufrieden sein. Aber nein. Gibt man den undankbaren Viechern den kleinen Finger, wollen sie die ganze Hand. Die Hand, das ist im übertragenen Sinne unser zweiter Balkon. Leider liegt er zwischen den beiden schrägen Dächern – Sicherung mit handelsüblichem Katzennetz? Unmöglich. Das wollen Gobbo und Emily nicht einsehen und zeigen ihren Missmut, wann immer wir es uns darauf gemütlich machen. Sie setzen sich dann vor die Balkontür und starren traurig durch die Scheibe. Will man rein, begleitet einen eine jämmerliche Maunztirade. Schließt man die Türe beim Hinausgehen wieder, murren die beiden beleidigt. Von Emmi tönt es „Mrrreng". Die eindeutige Bedeutung dieses Worts entnehmen Sie bitte dem Kapitel dieses Büchleins mit dem Titel „Kätzische Wiewörter". Gobbo gurrt enttäuscht vor sich hin und nimmt wieder die Trauerposition ein.

Zurück zur inneren Diskussion, ob die Miezen uns nun mögen oder nicht – und zu der unglaublichen Begebenheit vergangenes Wochenende: Sonntags früh zogen wir die Balkontür hinter uns zu, um in der Morgensonne zu frühstücken. Wieder nahmen Emily und Gobbo ihre „Was soll der Mist, lasst uns mit raus, sonst starren wir euch stundenlang traurig an"-Positionen ein. Da plötzlich macht Gobbolino einen Sprung nach oben an die Scheibe der Balkontür. Auf dem Weg nach unten umklammert er den Griff der Tür und zieht ihn von der Horizontalen in die Senkrechte. Wir springen auf und gucken belämmert von draußen in unsere Wohnung. Der kleine Teufel hat uns ausgesperrt! Ein leichtes Grinsen scheint Gobbolinos und Emilys Schnäuzchen zu umspielen.

Zum Glück bin ich handysüchtig, und zum Glück hat unsere Nachbarin unseren Hausschlüssel. So befreite sie uns nach einem Notruf aus der misslichen Lage. Wollte Gobbo uns ärgern? Da könnte natürlich eine Fliege gewesen sein (die er jagte und dann aus Versehen den Türgriff erwischte). Das Corpus Delicti hat er in diesem Fall wahrscheinlich gefressen. Wir werden seine Absicht also nie herausfinden. Und der Übeltäter? Der legte sich nach unserem Wiedereintritt unwiderstehlich knuddelbereit auf den Boden und schnurrte (vielleicht): „Schön, dass ihr wieder bei mir seid!" Eines zumindest ist klar: Auf dem Balkon herrscht nun Handypflicht.

31. Nicht-Party-Miezen?

Eine Premiere stand an: das erste Mal Party bei uns – mit unseren Miezen! Für uns bedeutet es eine Menge Spaß, viele Gäste zu empfangen und die Musik mal lauter zu drehen. Für Katzen soll es laut Ratgeber die Hölle sein. Das wollten wir nicht. Deshalb versetzten wir uns in unsere felligen Mitbewohner hinein. Und machten ein paar Tests.

Unsere Miezen könnten also denken: „Wer wagt es, in unserem Revier herumzupfuschen!?" Das Revier einer Katze ist ihr ja heilig. Und auch, wenn unsere Fellnasen keine Hemmungen haben, uns bei Gelegenheit gehörig die Bude umzuräumen, heißt das noch lange nicht, dass wir Dosenöffner das Gleiche dürfen. Schon immer wurde jeder unserer

Handgriffe, wenn wir am Wochenende gründlich putzen, kritisch beäugt und mit mal abschätzig, mal angewidert klingenden Gurrlauten kommentiert. Da werden Möbel auf die Couch gestapelt, der katzenohrenbetäubend laute Sauger hektisch über den Boden geschleift, und der gefährlich zischende Dampfreiniger gleich hinterher. Schlimmer noch: Das Katzenklo wird verrückt, ebenso der Kratzbaum und allerlei Reinigungsmittelgerüche überdecken das gewohnte Odeur. Ein Unding aus Katzensicht.

Allerdings sind Hauskatzen auch neugierig. Also werden nach dem Verstummen diverser unsäglich lärmender Putzgeräte die neuen Höhlen, Winkel und Ecken des umgestellten Mobiliars genauestens erkundet. Schon immer haben wir versucht, ihnen das als positives Erlebnis zu verkaufen und eine Art Schnitzeljagd daraus gemacht: An vielen Stellen im ver-rückten Wohnraum lassen sich nämlich Leckerlis entdecken (die die Dosenöffner während des Putzens verstecken, obwohl das wieder für Krümel sorgt. Hach, was macht man nicht alles ...). So hoffen wir, dass auch der „Revier-Pfusch", der für die Party nötig ist, unsere Miezen nicht traumatisiert.

Gobbo und Emmi denken ganz bestimmt auch: „Wer, vermaunzt noch mal, sind diese vielen Leute!?" Gäste haben wir ja oft. Aber selten so viele auf einmal. Um zu sehen, ob wir den beiden eine Zuflucht in Form eines für Menschen verbotenen Katzenzimmers bieten müssen oder sie während der Party in der Wohnung laufen lassen können, machten wir vor Kurzem den Härtetest. Und nichts ist härter als kleine, energiegeladene Junge unserer Spezies. Eine befreundete Familie mit zwei solchen – wirklich sehr liebenswürdigen, aber eben auch oft wilden – Exemplaren, zwei und fünf Jahre alt, kam zu Besuch und blieb über Nacht. Während Gobbolino neugierig an der Hand des Fünfjährigen schnupperte, auch nachdem ihn die Hand des Zweijährigen mehrfach unsanft zwischen die Ohren patschte, nahm Emmi nach den ersten torkligen Schritten des Kleinen in ihre Richtung Reißaus. Weil wir uns am kleinsten gemeinsamen Nenner unserer Miezen orientieren und auf einer Skala von 1 bis 10 Gobbolinos

Menschen-Stresstoleranz zwar bei 5 bis 6, Emmis aber bei minus 5 lag, fällt die Entscheidung darauf, das Schlafzimmer für einen Abend zum Katzenzimmer zu machen. Mit diesem Ergebnis ist die Testreihe für die Party abgeschlossen. Ob die beiden wirklich „Nicht-Party-Miezen" sind?

32. Miez-Management für Minderjährige

Obwohl ich damit mein Alter verrate: Das Motto der Party war „Feierei von 3.33 Uhr bis 3.33 Uhr". Zwölf Stunden Trubel im Revier – Emmi blieb erst mal wie erwartet unsichtbar. Gobbo stahl uns in der Partyteilnehmergruppe der unter Siebenjährigen die Show. Und tat uns damit auch einen Gefallen. Grundlage hierfür war unser Seminar „Miez-Management" für Drei- bis Siebenjährige.

Kleine Erklärung zum Partykonzept: Nicht grobe Albernheit verleitet uns nun schon im zweiten Jahr zum Zwölf-Stunden-Partykonzept. Ja, okay – auch, aber nicht nur! Geschuldet ist es dem Umstand, dass sich immer mehr Freunde in diversen Umständen befinden. Entweder ihr Weg zu uns ist umständlich, weil sie weit weg einen Job oder die Liebe oder beides gefunden oder einfach nur einen Lebensmittelpunkt außerhalb unseres Einzugsgebietes, des schönen Rheinlands, gewählt haben. Oder sie befinden sich oder befanden sich vor einiger Zeit in anderen Umständen und leben nun – was ihre Feiergesetze angeht – unter einer rigorosen Kleinkinddiktatur. Falls Sie das Gefühl haben, da schwängen irgendwie Vorbehalte gegen Kinder mit, das Gegenteil ist der Fall: Das genau ist der Grund für unsere nachmittäglichen Partystarts. Es braucht eben ein vom Kindchenschema unbeeindrucktes Auge und einen nicht geschreigeplagten Verstand, um ein derart der Realität angepasstes Partykonzept zu entwerfen. Und wenn wir ehrlich sind, gefällt uns das nachmittägliche Kindergeburtstagsprogramm auch ganz gut.

Als es also um 15.33 Uhr am Partysamstag mit den ersten großen und kleinen Gästen, Kuchen, Keksen, Spielen und Erste-Sahne-Bespaßung durch den besten Typen überhaupt losging, floh Emmi wie erwartet direkt ins voll eingerichtete Katzenzimmer: Kratzbaum, Katzenklo und Katzenbrunnen standen, stanken und sprudelten dort bereits dienstleistungsbereit vor sich hin. Die Tür blieb angelehnt, um die Miezen einzuladen, sich unseren kleinen Gästen zu zeigen. Besonders auf den berühmt-berüchtigten Gobbolino war das Publikum neugierig. Und wurde nicht enttäuscht.

Zuerst absolvierten alle drei- bis siebenjährigen Partyteilnehmer allerdings ein Kurzseminar, geleitet vom besten Dozenten überhaupt, in Sachen „Cat-Handling and Purr-Management" (Katzenbehandlung und Schnurr-Management). Die Kerngleichungen in Kürze: Vorsichtig streicheln = Schnurr, Fell gegen den Strich streicheln ≠ Schnurr. Mit Katzenangel auf Katze hauen = Aua für die Katze und Standpauke für einen selbst. Patschen statt streicheln = Aua für Mieze und danach krallenbewährte Schmerzen für einen selbst. Da lernen die Kleinen das Prinzip Ursache und Wirkung in Theorie und (falls erkenntnistheoretisch notwendig) Praxis. Mit dem richtigen Ende der Katzenangel wackeln = Spaß für Mensch- und Katzenkind. Der Plan ging auf: Viele der kleinen Gäste spielten friedlich zusammen mit Gobbo, Emmi hatte im Katzen/Schlafzimmer ihre Ruhe, und wir hatten die Eltern erst mal für uns.

33. Partylö... – äh – kater

Ein natürlicher Partyverlauf, so sagen manche, ist gegeben, wenn eine Mehrheit der Gäste nach dem Prinzip „Je später, desto feuchtfröhlicher" verfährt. So gesehen verlief unsere Party höchst natürlich. Auch ist im Zwölf-Stunden-Partykonzept ein gewisser Klientel- und Atmosphärenwechsel vorgesehen. Das blieb auch unseren Miezen nicht verborgen.

Familien mit Kindern machen sich gegen 6 Uhr abends davon. Dafür treffen neue Gäste ein. Die, die lange bleiben. Oder jene, die den Topfschlagen-Teil auslassen und lieber direkt beim Wodka-

Wackelpudding einsteigen. Dann werden Musik und Gespräche lauter, und die Bude voller. Zu diesem Zeitpunkt entschied auch Gobbo – vom Spiel mit den Kindern leicht ermattet –, sich zu Emily ins Katzenzimmer zurückzuziehen und lediglich müde aus unseren Bettlaken aufzublicken, wenn Frau Dosenöffner oder andere Besucher kurz die Nase ins Zimmer steckten, um den Miezenstatus zu prüfen. Für Futter ließ er sich um 19 Uhr zu einem müden Um-die-Füße-Streichen beim besten Typen überhaupt hinreißen. Dafür materialisierte sich auch Emmi aus ihrem Versteck unterm Bett, genehmigte sich ein paar Happen und wählte dann zu unserer Freude ihren relativ öffentlich gelegenen Katzenkorb zum weiteren Verweilen. Auch gelegentliche Besucher schreckten sie nicht. Diese ließen wir in handlichen Gruppen von zwei Personen in einem Abstand von einer halben Stunde vor, ausgerüstet mit Spielzeug und Snacks, um unseren neuen Mitbewohnern ihre Aufwartung zu machen. Dabei stand der kurzweiligen Spieleinheit (Gobbo) sowie der gelassenen Streicheleinheit (Emmi) nichts im Wege. Und das trotz des Musikwechsels von Lounge auf Rock. Anscheinend Emmis Musikgeschmack.

Zu späterer Stunde wechselte die Musik in die Party- und House-Sparte, die Gobbo offensichtlich sehr ansprach, da er ab diesem Zeitpunkt sein Köpfchen aus dem Türspalt steckte. Sicherlich spielte auch der neon-grüne Kratzbaum im Wohnzimmer, den „ich" zum Geburtstag bekommen hatte, eine Rolle. Da er offensichtlich für Gobbo gedacht war und der kleine Kater dies ebenso offensichtlich wusste, galt es, diesen Anspruch auch öffentlich anzumelden. Nachdem er durch demonstratives rückenlanggestrecktes Kratzen an dem neuen Teil in dieser Sache für Klarheit gesorgt hatte, gab er sich etwas gepflegtes Basswummern, indem er auch den Lautsprecher einer ausgiebigen Krallenbehandlung unterzog. Von dort aus sprang er auf den Couchtisch, an dem die Gäste das Looping-Louie-Spiel angeworfen hatten – klar, dass auch Gobbolino den elektrischen, sich drehenden und hüpfenden Plastikarm mit dem kleinen Flugzeug dran nicht ignorieren konnte. Zumal dieser, so er nicht rechtzeitig per Wippe in die Luft katapultiert wird, die kleinen Hühner-Chips der Spieler geräuschvoll von der Stange stößt.

Allerdings verfolgte Gobbo sein eigenes Spielziel. Statt die Hühner zu retten, ging es ihm darum, den Dreharm abzuschlagen, sämtliche Hühner selbst von der Stange zu werfen und sie sodann auf seinen grünen Teppich zu verschleppen. Sein Abschlussprogramm bestand dann darin, auf dem DVD-Regal um circa 3 Uhr nachts trotz brachialen Heavy Metals wegzudösen. Er glich sein Verhalten somit perfekt an so manch anderen Gast an – ein richtiger Partylö- äh -kater eben.

34. Ein echter Katzenkrimi

Der beste Typ überhaupt und ich verstehen uns gut. In vielen wichtigen Dingen sind wir einer Meinung. Aber in ein paar unwichtigen kommen wir manchmal nicht zusammen. Zum Beispiel, wenn wir abends beraten, welchen Film wir ansehen wollen. Gut, wenn man dann eine entscheidungsfreudige Katze zur Hand hat. So sollen diese besonders kurzentschlossenen Exemplare der biologischen Familie Felidae aus der Ordnung der Raubtiere ja schon seit dem Altertum bis heute unzählige Pärchenabende gerettet haben.

So ein Auswahlprozess startet in etwa wie folgt. Er: „Welchen Film magst du schauen, Schatz?" Sie: „Och, ich weiß nicht. Such doch mal ein paar raus." Er sucht dann ein paar raus und legt ihr den DVD-Stapel hin, damit sie sich davon einen Film aussuchen kann. Sie nimmt daraufhin den Stapel und sagt etwas wie: „Nee, den nicht, zu actionlastig. Den auch nicht, der ist irgendwie langweilig. Och, auf Science Fiction habe ich heute nicht so Lust. Der ist mir zu ..." – und so weiter, bis das Ende des Stapels erreicht ist. Daraufhin er (leicht genervt): „Dann such dir doch selbst aus dem DVD-Regal einen aus." Nach zehn Minuten steht sie immer noch unschlüssig vor dem Regal. In unserem Fall hat Gobbo den Auswahlprozess bis zu dieser Minute genauestens überwacht. Den Stapel, den der beste Typ überhaupt rausgesucht hat, hat er bereits umgeworfen. Die einzeln auf dem Couchtisch abgelegten, aussortierten Filme hat er einzeln, gewissenhaft und nachdrücklich mit einem strengen Seitenblick zum besten Typen überhaupt über die Tischkante gepfötelt. Nun steht er zusammen mit mir vor dem DVD-Regal und wartet darauf, dass etwas passiert. Als am vorigen Samstagabend lange nichts passierte, wurde er selbst aktiv und begann, an den unteren zwei bodennahen Reihen an den DVDs rumzuscharren.

Etwas irritiert von Gobbolinos Aktionismus gesellt sich nun auch der leicht schmollende beste Typ überhaupt zu uns, nachdem er die von Gobbolino auf den Boden beförderten DVDs der ersten Auswahl wieder aufgehoben und eingeräumt hat. „Also", sagt er mit einer irritiert hochgezogenen Augenbraue angesichts der Scharrlaute von unten, „schon was gefunden?" „Leider nicht", gebe ich zu. Von unten ertönt das Geräusch zweier DVDs, die Gobbo mit seiner Pfote gekippt hatte und die klappernd wieder ins Regal zurückwippen. Während der kleine Kater weiter geräuschvoll Laminat und DVDs bearbeitet, blicke ich unschlüssig auf die Horrorfilme. „Ich würde den gucken, aber den haben wir ja erst im Kino gesehen. Und den, aber den willst du bestimmt nicht gucken", murmele ich wenig überzeugt und wohl auch wenig überzeugend.

Zack! Diesmal ist eine von Gobbo angescharrte DVD nicht wieder zurückgekippt, sondern auf dem Boden gelandet. Ich hebe den Film auf und bin perplex: Kann es Zufall sein, dass Gobbo aus unserer mittlerweile völlig überdimensionierten DVD-Sammlung ausgerechnet die Verfilmung des Katzenkrimis „Felidae" herausgesucht hat? „Gobbo – willst du den etwa gucken?!" Zwar antwortet der kleine Kater erwartungsgemäß nicht. Geguckt wird letztlich trotzdem der von ihm ins Spiel gebrachte Film.

35. Miez-Tours empfiehlt: Zuhause bleiben

Die Ansicht, dass Katzen sich eher an ihr Revier binden als an ihre Menschen, gilt inzwischen als überholt. Doch Wohnungskatzen sind Gewohnheitstiere. Mitunter sorgt ja schon ein kleiner Umbau im Revier für eine mittelschwere emotionale Krise der Fellnasen. Wir entschieden uns also, erst mal ohne Miezen Urlaub zu machen, um ihnen den Schock des Umgebungswechsels zu ersparen.

Wobei es auch Beispiele dafür gibt, dass Katzen sehr wohl in der Lage sind, sich schnell auf Neues einzustellen. Zwei solche Fellnasen waren meine Kindheitsbegleiter, die bunte Whiskey und ihr Bruder, der schwarze Blacky. Die beiden fuhren immer mit uns in den Urlaub, zusammen mit Mama, Papa, mir und unserer Neufundländerhündin Vita. Allerdings war das wohl nicht immer ganz legal – in die Länder, in die wir via Auto reisten, durfte man laut meinen Eltern meist nur ein Tier einführen. Damals, als Grundschulkind, war mir nicht ganz klar, warum wir die ansonsten auf meinen Schoß gekuschelten Miezen kurz vor der Grenze in ihre Transportkörbe sperrten und mit einem Kissen bedeckten. Und warum ich aufgefordert wurde, während des Grenzübertritts in furchterregender Lautstärke Kinderlieder zu singen (um ihr empörtes Maunzen zu übertönen). Der große Hund war offensichtlich weniger gut zu verstecken. Ja, so war das damals, als man nicht daran dachte, alles kritiklos hinzunehmen, als man in Autos und Kinos noch rauchte und Hunde frei laufen gelassen wurden – und wo man Fellnasen in der Urlaubszeit noch über Grenzen geschmuggelt hat. Ohne das alles jetzt bewerten zu wollen. Es war halt so.

Nach zwei Tagen im Feriendomizil haben wir Blacky und Whiskey dann sogar rausgelassen. In Nullkommanichts waren sie Herr über ihr neues Revier – lautstarke Kämpfe mit einigen einheimischen Fellnasen in der Nacht sowie gemeinsame Putzorgien mit anderen einheimischen Fellnasen am Tag zeugten davon, dass den beiden nie langweilig war und sie mit Urlaub ganz gut klarkamen. Und sie gingen nie verloren.

Aber wir sind nicht unsere Eltern. Und unsere Miezen sind auch aus anderem Holz geschnitzt. Vielleicht sind Wohnungskatzen pingeliger als Freigänger, weil sie sich nicht ständig auf neue Situationen im Revier einstellen müssen (neue Autoparkmuster, anderes Wetter, neue pelzige Nachbarn, unberechenbare Beute und so weiter). Wehe, wenn ein Objekt aus den Reihen der allerheiligsten Gegenstände des Wohnungskatzentiers – Kratzbaum, Lieblingskissen oder gar das Klo – spontan umplatziert werden.

Um darüber hinwegzukommen, brauchen unsere beiden Psychotherapie. Die besteht daraus, täglich Snacks auf den umplatzierten Katzenmöbeln zu finden, bis die Erinnerung an den unerhörten Eingriff verblasst. Dann hören sie auch auf, verwirrt am alten Ort nach dem gewohnten Utensil zu suchen und dabei – angelegte Öhrchen und peitschender Schwanz – unheimlich aufgewühlt und hoffnungslos verwirrt auszusehen. Ein Urlaub mit diesen beiden Routine-Fanatikern? Undenkbar. Wir waren gespannt: Wie würden sie auf unsere erste längere Abwesenheit reagieren? Wie würden sie es annehmen, dass statt unserer sie fortan engagierte Pflegekräfte mit Spiel, Speis' und Trank versorgen würden? Und: Würden sie beleidigt sein, wenn wir zurückkommen?

36. Sabotiertes Packen

Die Entscheidung, ohne Miezen zu verreisen, war gefallen. Auch wenn es heißt, Tierliebhaber interpretierten zu viel in ihre Tiere hinein: Irgendwie haben sie es uns schwer gemacht, sie zwei Wochen allein zu lassen: Sabotage war angesagt.

Die ungewohnten Packaktivitäten wurden kritisch beäugt. Schränke gehen auf und zu, und Koffer, die normalerweise oben auf dem Schrank als schöne Miezen-Aussichtsplattform dienen, werden äußerst unrechtmäßig entfernt. Auch die Klappboxen dienen nicht mehr der kätzischen Belustigung, sondern füllen sich nach und nach mit diversen Verpflegungsartikeln. Das Muster, mit dem Mieze deutlich macht, wie wenig ihr das passt, tritt hervor: Da trippelt mir Gobbolino zum Beispiel ins Schlafzimmer nach. Dort öffne ich den Koffer und angele ein T-Shirt aus dem Schrank. Bevor ich es in den Koffer legen kann, muss ich den unschuldig blickenden Kater aus dem Koffer heben und kann dann mein Shirt verstauen. Dann drehe ich mich zurück zum Schrank und muss, bevor ich das nächste Shirt nehmen kann, erst mal denselben Kater aus der hintersten Ecke des T-Shirt-Faches herausbugsieren. Wobei er natürlich bei dem Versuch, seinen Platz durch Festkrallen im Schrankinhalt zu behaupten, sämtliche Shirts aus dem Schrank zerrt. Dann zieht er sich zurück. In den Koffer.

Wenig besser läuft es in der Küche. Der beste Typ überhaupt stellt die Box für den Proviant ab, dreht sich zum Vorratsregal, angelt mein glutenfreies Brot und muss sodann Emmi höflich bitten, die Box zu räumen. Herausheben geht nicht, da sie diesen dreisten Fremdbestimmungsversuch sofort mit rudernden Pfoten (mit gespreizten Krallen dran) beantwortet. Der Bitte (aufdringliches Streicheln) entspricht sie glücklicherweise meist freiwillig (Flucht). Doch sobald sich der beste Typ überhaupt mit den Nudeln wieder zur Box dreht, sitzt Emmi wieder drin. Auf dem Brot. Und so weiter.

Doch auch wir Homo sapiens (wir ganz modernen Menschen rühmen uns neuerdings gar Homo sapiens sapiens) haben unsere Tricks. Wobei Sie als in unser Leben eingelesener Homo sapiens sapiens jetzt gleich sehr enttäuscht sein werden, denn wieder lautet die Lösung des Problems: Ablenkung durch Brot und Spiele. Da ticken die Vertreter der Gattung Felidae ganz ähnlich wie Homo sapiens sapiens. So wird ein eingepackter Schuh daraus: Einer räumt, der andere lenkt ab. Der Trick ist, jedem interessanten Geräusch einen noch interessanteren Lautreiz entgegenzusetzen. Klappert also der beste Typ überhaupt in der Küche mit Dosen, landet im Wohnzimmer mit einem lauten Schnalzgeräusch ein Stück Wurst (Emmi) sowie absolut zeitgleich (das ist wichtig!) ein Knuspersnack (Gobbo) auf dem Boden. In einer idealen Welt stürzen sich die Miezen darauf, und die Dosen landen ungestört in der Box. Unsere Welt ist allerdings noch nicht ganz ideal. Denn die Miezen holen sich den Snack und verschleppen ihn anschließend in die Box in der Küche (Emmi) sowie den Koffer im Schlafzimmer (Gobbo) und verspeisen ihn dort – natürlich nicht, ohne ordentlich zu krümeln. Beim nächsten Urlaub ist das Timing bestimmt besser.

37. Mein Reisetagebuch

Ein bisschen schlechtes Gewissen hatten wir ja schon auf der Fahrt in den Urlaub. Obwohl die Schlüssel der Wohnung an zwei liebe Katzenfreunde verteilt waren, die auch die ein oder andere Spielerunde starten würden. Dazu noch unsere liebe Nachbarin, die uns damals die von Gobbolino so geliebte Rauke schenkte und einen grünen Daumen hat – sie übernahm die Pflege unserer Zimmer- und Balkonpflanzen. Emmi und Gobbo würden oft besucht werden. An Miez sollte es uns aber auch im Urlaub nicht fehlen, merkten wir schnell. Das Reisetagebuch:

Tag 1–3: Bevor wir uns mit Freunden aufmachten, den Lago Maggiore zu entdecken, besuchten wir meine Eltern. Schon immer halten sie

Neufundländer. Das heißt, dass man kurz hinter der Tür von einem schwarzen, dick bepelzten Hund in Braunbärgröße stürmisch begrüßt, abgeschleckt und vollgehaart wird. Und ja: Auch der liegt einem abends auf dem Schoß – schlabbernd statt schnurrend. Schön, mal wieder ein bisschen Wau im Leben zu haben.

Tag 4: Bezogen mit unseren Freunden unser Bed-and-Breakfast-Domizil am Lago. Überraschung: Vor dem Haus fläzen zwei italienische Lago-Katzen maximal entspannt im Halbschatten. Finde es super, dass Suzy, halb Siamkatze, und Romeo, halb Maine-Coon-Kater, die Gäste morgens schnurrend begrüßen. Unsere Freunde freut es nicht – Katzenallergie. Haben mir verboten, die Miezen zu kuscheln, damit sie mir nicht hinterherlaufen. Stehe deshalb extra früh auf und kuschele sie heimlich. Psst.

Tag 5: Trotz Bemühen unserer italienischen Gastgeberin lassen sich Suzy und Romeo nicht aus dem (ihrem) Frühstücksraum verbannen. Tut unserer allergischen Freundin nicht gut. Suchen uns morgen eine andere Bleibe. Schade.

Tag 6: Haben ein Appartement im Dorf nebenan gemietet. Leider ohne Hausmieze. Komme dennoch auf meine Miezdosis: Am nahe gelegenen Dorfsupermarkt wartet jeden Morgen eine moppelige, orange getigerte Katze mit eigenartigem Dialekt auf kraulwillige Besucher. Bin überaus kraulwillig. Mieze macht ausschließlich „Mräh" statt „Miau" (Katzenitalienisch?). Taufe sie deshalb Mräh.

Tag 7–9: Alle wundern sich, warum ich morgens freiwillig Frühstück besorge. Und dabei immer so lange brauche. Psssst.

Tag 10: Bekomme Bedenken: Muss man meine Urlaubsbeziehung mit Mräh als Fremdgehen einstufen? Von schlechtem Gewissen geplagt, schreibe ich meinen Miezpflegekräften und frage, ob alles okay ist.

Tag 11: Nachricht von zu Hause ist eingetroffen. Text mit Bild. Darauf Gobbolino mit ertapptem Gesichtsausdruck in einem Berg aus weißen

Papierfetzen. Darunter steht: „Den Katzen geht es gut, aber: Was hat Gobbolino eigentlich gegen die Küchenrolle?!"

Tag 12: Reisen morgen ab. Verabschiedete mich deshalb heute von Mräh. War sehr dramatisch. Ich sagte mit Tränchen im Auge: „Ciao, Mräh, ich wünsche dir ein gutes Leben!" Mräh sagte: „Mräh". Höre sie später am Tag zu anderen Menschen „Mräh" sagen. Fühle mich sehr ersetzbar. Habe doppelt Sehnsucht nach meinen Miezen.

Tag 13: Heute geht es zurück zu Gobbolino und Emily! Miez im Leben macht das Urlaubsende erträglicher. Ob die beiden wohl beleidigt sind?

„Die Küchenrolle hat angefangen!

38. Beleidigte Katzen-Leberwürste?

Horrorgeschichten. Die liest man in allen Katzenforen dieses Internets zum Thema „Aus dem Urlaub zu Mieze zurückkommen". Auch Bekannte erzählen sie. Demnach reagieren Katzen verschieden, wenn die untreuen Dosenöffner nach längerer Abwesenheit wieder ins Revier einziehen. Aber eines sei immer der Fall: Die Katze ist todesbeleidigt.

Eine Freundin berichtete von der „Krallenfalle". Demnach präsentierte sich ihre moppelige Tigerkatze nach ihrem Urlaub mehrere Tage lang streichelwillig, indem sie mit erhobenem Schwanz genau den Weg meiner Freundin kreuzte, um sich dann vor ihr auf den Rücken zu werfen. Doch sobald meine Freundin die vermeintliche

Streicheleinladung annahm, machte die Mieze ein eigenwilliges Geräusch, attackierte mit Zähnen und Klauen ihre Hand und marschierte anschließend überaus empört davon. Meine Freundin schwört, dass das Geräusch ihrer Katze dabei irgendwie wie „Ätsch" klang. Ein anderer befreundeter Dosenöffner berichtete davon, dass seine zwei Siamkatzen nach seiner Rückkehr mehrfach neben dem Wassernapf in der Küche Position bezogen und in ärgerlichem Ton plappernd (Siamkatzen plappern im Allgemeinen viel mit ihren Menschen) darauf warteten, dass er zu ihnen um die Ecke blickte. Sobald er das getan und äußerst höflich nachgefragt habe, welchen Wunsch er den beiden denn nun erfüllen solle, habe eine der beiden Katzen eine Tatze gehoben und sie gezielt auf den Rand des Wassernapfes niedersausen lassen. Beide seien daraufhin von der Wasserflut erschreckt zur Seite gehüpft, noch mal kurz ihr Schnäuzchen in seine Richtung schürzend – „Nimm das" –, und in friedlicher Einigkeit an ihm vorbei aus der Küche stolziert – eine große Wasserpfütze zum Aufwischen hinterlassend. Er schwört, dass dieses Verhalten nur dann auftrete, wenn er mehr als zwei Tage weg war.

Wir lasen von Dosenöffnern, die komplett ignoriert wurden, tagelang nur den Rücken ihrer Katze zugedreht bekamen, Nahrungsverweigerung, sogar von Protestpinkeln auf dem Lieblingsplatz des jeweiligen Menschen. Wir bereiteten uns also innerlich auf das Schlimmste vor, als es endlich so weit war: Der Schlüssel steckte im Schloss. Und Gobbolino sprang – wie immer, sobald er den Schlüssel hört – hoch an die Klinke der Tür und drückte sie von innen nach unten. Ein erstes Aufatmen: Sie warteten, wie immer, hinter der Tür und nicht beleidigt im Versteck. Wir öffneten also und ließen erst einmal Koffer und Co. im Flur stehen – denn unsere beiden Miezen drängten sich sofort an unsere Beine. Auch Emily schien ganz vergessen zu haben, dass das eigentlich nur Gobbolino macht und es unter ihrer Würde ist. Sie selbst thront nämlich meist wie eine elegante Sphinx auf der Couchlehne, die Tür im Blick, und wartet, bis man zu ihr kommt, um sie zu begrüßen. Aber diesmal stürmte sie am besten Typen überhaupt vorbei, der in Hockstellung den liebestollen Gobbolino bearbeitete, und begann, wilde Achten um meine Beine zu beschreiben. Dann bedeutete sie mir mit einem „Prrt-Meng" und erhobenem Schwanz, dass ich ihr gefälligst zu folgen habe. Sie führte mich ins Schlafzimmer, und was nun folgte, war eine nicht enden wollende Schmuseeinheit. Wenn das beleidigt sein soll, dann gern mehr davon!

39. Der Tasta#jkdfsvefjhvf%kater

Meistens erledigte ich es im Bett, das Schreiben der Kapitel dieses Büchleins. Wie heute. Hätte ich es mir zwei Stunden früher mit meinem Laptop gemütlich gemacht, hätte ich mir ein anderes Thema für diese Folge gewählt. Doch da es nun früher Abend ist, habe ich das Zeitfenster, in dem meine Katzen zufrieden dösen, verpasst. Denn nun sind sie wach und wollen Aufmerksamkeit.

Den Katzenbesitzern ist das, was jetzt gerade hier passiert, garantiert nicht neu. In diesem Moment – und aufgrund des Geräusches, das entsteht, als ich die Zeilen tippe, die Sie soeben lesen – fixiert mich Emily, die Öhrchen gespitzt, von der rechten Oberseite des Kleiderschranks gegenüber aus. Ich winke ihr. Sie schnauft (verächtlich?). Aber ich weiß, was kommt. Sie schleicht sich nämlich in diesem Moment hinter dem Schrankkantenhorizont für mich unsichtbar in die Mitte des wuchtigen Möbels und wartet dort, bis ich vergesse, dass sie da oben ist. Dann schlägt sie plötzlich bei mir auf dem Bett ein, sodass ich mörderisch erschrecke. Wie Sie sehen, tippe ich tapfer weiter, wenngleich auch immer wieder nervös nach oben schielend, obwohl nun hinter mir auf dem Kopfteil des Betts ein Tapsen ertönt. Von weiter rechts kommt es immer näher und wird dabei immer vorsichtiger: Taps, taps, taps. Taps – taps. Taps ... Taps ... Lustig, dass Gobbolino immer noch denkt, er sei gut im Anschleichen. Jetzt gerade sitzt er hinter meinem Ohr und beobachtet, wie meine Finger über die Tastatur huschen. Wahrscheinlich legt er dabei sein Köpfchen schief und schnuppert. Letzteres schließe ich aus den zuckenden Schnurrhärchen, die meine Wange kitzeln. Jetzt setzt Gobbolino eine Vorderpfote auf meine rechte Schulter. Ich tippe weiter, obwohl er nun auch seine andere Vorderpfote auf meine Schulter gesetzt hat und aufgeregt in mein Ohr gurrt. Mein kurzer Seitenblick bestätigt, dass seine Pupillen vor Aufregung ganz groß sind. Und ich weiß, was gleich passiert, wenn ich nicht genau jetzt aufhöre zu tippenn sdfdlcsn ij jdü IJPj M< O JÜAKCsaMNÖLKM ASL NMnk skaäldk kkölc.

Entschuldigung. Meine Tastatur hatte soeben einen kleinen Kater. Der tapste – nicht ohne panisches Geschubse meinerseits – einmal von rechts nach links über die Tastatur und sitzt nun verbannt auf meinen Knien hinter dem Bildschirm. Weil er aber unbedingt noch mal sehen muss, wie das Tippgeräusch entsteht, legt er jetzt eine Pfote auf die Oberkante des Bildschirms und drückt ihn – begleitet von einem außerordentlich niedlichen Ächzen – zu sich herunter. Och Gobbolino, lässt du mich das bitte fertigschreiben? Na toll. Jetzt hat er mit der zweiten Pfote einen Pfotenabdruck auf den Bildschirm gemacht, weil er unbedingt rüberlehnen und meine Hände anschmusen muss. Aber die Abdrücke sind ja so süß! Deshalb habe ich die auf dem Fernseher auch nicht weggepu – RUMMS. Mann, Emmi, mein Herz hat gerade vor Schreck ausgesetzt. Hatte ich dich doch vergessen! Die Sprungakrobatin sitzt auf einmal direkt neben mir auf der Matratze. Moment. Können Katzen echt schadenfroh grinsen? Jetzt muss ich definitiv Miezen bespielen gehen. Da habe ich dieses Kapitel ja gerade so fertig bekommen.

40. Der beschuhte Kater

Soeben hat der beste Typ überhaupt Klimagerät, Ventilator, Grill und Sonnenschirm in den Keller gebracht. Damit ist der Sommer wohl offiziell vorbei. Und auch die Sommerschuhe werden in die Schuhschränke umziehen müssen, damit im Hausflur die winterlichen Exemplare greifbar sind. Mit einer Ausnahme: Ein Paar

Sommerschuhe des besten Typen überhaupt ist schon vor zwei Wochen umgezogen, allerdings nicht in die Schuhschränke, sondern auf das Bücherregal im Arbeitszimmer. Sie lesen richtig: auf das Regal. Er hat sie Gobbo vererbt. Es sind nämlich Gobbos Lieblingsschuhe.

Es handelt sich dabei um ein ursprünglich bläuliches, jetzt eher gräuliches Exemplar Espadrilles. Das sind leichte Segeltuchschuhe zum Reinschlüpfen mit Jutesohle, sehr lässig und luftig im Sommer. Der beste Typ überhaupt hat sie nach intensivem mehrjährigen Tragen im Urlaub außer Dienst gestellt. In Italien hatte die Seitennaht des rechten Schuhs den Geist aufgegeben. Kaum wieder in Deutschland, hat der beste Typ überhaupt die langjährigen Begleiter scheinbar unsentimental durch zwei neue Paare ersetzt: eins in dem Blauton, den die alten Schuhe zu Beginn mal gehabt, und eins in einem Grauton ähnlich dem, den diese gegen Ende angenommen hatten – woran sich dann doch eine gewisse Nostalgie ablesen lässt. Der Abschied von den alten Tretern wurde dem besten Typen überhaupt nicht nur durch den prompten doppelten Ersatz erleichtert. Sondern auch dadurch, dass er seine alten Espadrilles Gobbo vermachte – sie blieben also in der Familie.

„Was?", werden Sie sagen, „Schuhe für einen Kater!?" Natürlich trägt unser Gobbo keine Schuhe, und wenn, würde ihm sicherlich nicht Größe 44 2/3 passen. 4 2/3 wäre wohl realistischer. Trotzdem hat sich Gobbolino sehr über seine Erbstücke gefreut. Er liebt diese Schuhe nämlich abgöttisch. Den ganzen Frühling und Sommer über hatte sich Gobbolino jedes Mal, wenn der beste Typ überhaupt seine Schuhe im Wohnzimmer auszog, direkt mit Hingabe darüber hergemacht. Am Segeltuch lässt es sich herrlich herumschubbern, an der Jutesohle kann man sogar recht gut kratzen, und überall riecht es so wunderbar intensiv (Sie erinnern sich an Gobbos Fußfetisch?) nach dem besten Typen überhaupt. Nachdem er also daran geschubbert, gekratzt, geschnüffelt hatte, machte er es sich regelmäßig darin bequem und döste selig weg. Nachdem der beste Typ überhaupt dies beobachtet hatte, räumte er seine Espadrilles nicht mehr weg, sondern ließ sie für Gobbo auf dem Teppich stehen.

So wurden die schnöden Espadrilles zu hyperpraktischen Dual-Use-Schuhen, also Schuhen mit zwei Verwendungszwecken. Sie waren nahezu 24 Stunden am Tag im Einsatz, entweder in der vorgesehenen (Erst-) Nutzung als Fußbekleidung des besten Typens überhaupt oder in der nicht vorgesehenen Zweitnutzung durch Gobbolino. Das mag zur rapiden Verschlechterung ihres Gesamtzustands beigetragen haben. Nun sind sie auf das Bücherregal im Arbeitszimmer umgezogen, und zwar direkt vor die Kuschelhöhle, die dort oben steht.

Gobbos Interesse daran war bisher überschaubar. Mit den alten Espadrilles vor der Höhle hat es sich jetzt doch sehr gesteigert.

41. Problem? Gedöst!

Warum eigentlich sind die Menschen seit jeher so fasziniert von Katzen? Klar, die sind flauschig und sehr elegant unterwegs. Und unberechenbar. Das macht sie schon mal sehr interessant. Aber da steckt noch mehr dahinter.

Der beste Typ überhaupt und ich glauben inzwischen, dass es mit dem Kontrast zu uns Menschen zu tun hat. Wir erhalten E-Mails im Minutentakt, schreiben Rechnungen, Verträge, Briefe und ärgern uns, wenn etwas nicht nach Plan läuft. Wir sorgen uns um Umsatzziele, machen Überstunden, Druck, laufen am Limit, machen Yoga, besuchen Meditationsgruppen, haben Rücken und im besten Fall nur leichte stressbedingte Verdauungsschwierigkeiten. Wir eskalieren Probleme, bilden Supportketten, polieren unser professionelles Image, geben konstruktives Feedback und werden wahlweise panisch, emotional oder unflätig, wenn die Probleme uns überfordern.

Schauen wir uns dagegen einmal die Problemlösungsstrategien der Katze an. Zum Beispiel im Bereich Mobilität: Die Katze sitzt auf einem Schrank und kommt nicht mehr runter. Angesichts dieser Lage wird sich die Katze erst einmal ausgiebig putzen und dann einen Liegeplatz suchen. Danach wird erst einmal äußerst proaktiv gedöst. Erhöht sich die Dringlichkeit der Lage, zum Beispiel, weil Mieze aufs Klo muss, oder – noch schlimmer – sie möchte jetzt gefälligst sofort wieder runter, wird sie das mit ihrem Dienstleister (uns) vereinbarte Zeichen geben (je nach Katze Scharren, Leisten verkratzen, Maunzen, Dinge vom Schrank schubsen). Sogleich wird der Mensch auf eine Leiter steigen und die Katze helfend ergreifen. Nun kratzt die Fremdbestimmtheit dieses Vorgangs an der Würde des edlen Tieres, was es wiederum ebenfalls durch Kratzen zum Ausdruck bringt. Der Mensch wird daraufhin erschrocken von der Leiter fallen und äußerst ungeschickt auf dem Hosenboden landen. Er wird dabei darauf achten, dass er die wild mit den Pfoten rudernde Katze in Richtung des im Raum befindlichen Polstermöbels schleudert. Natürlich kommt das Tier unversehrt auf diesem auf, während der Mensch steißgeschädigt rücklings auf dem Boden verbleibt und sich sehnlichst wünscht, die Schmerzen würden wieder aufhören. Die Katze wird sich sodann zu ihm begeben, eine Pfote auf seine Brust stellen und etwas zu essen verlangen.

Beispiel Wohnraumpflege: Katzen machen nicht nur viel Dreck, nein, sie achten auch sehr auf Sauberkeit. Da fällt der Katze zum Beispiel auf, dass versäumt wurde, den Bereich vor dem Eingang der Katzentoilette zu fegen. Als Reaktion wird die Katze sich zuerst einmal ausgiebig putzen und sodann einen Liegeplatz erwählen, um wiederum äußerst konstruktiv zu dösen. Als Nächstes wird die Katze das Problem eskalieren, indem sie – unabhängig vom Toilettengang wohlgemerkt – Unmengen von Katzenstreu aus dem Klo vor das Klo befördert. Der Mensch wird sodann den Handfeger zum Einsatz bringen, wobei die Katze wartet, bis das Gros des Streus entfernt ist. Gegebenenfalls wird sie mit der bewährten Methode auf vergessene Stellen aufmerksam machen. Und wenn sie danach etwas zu essen verlangt hat, wird sie sich übrigens ausgiebig putzen und einen Liegeplatz suchen, um sehr effizient zu dösen.

42. Dingeschubsen

Wenn wir den Abend gemütlich ausklingen lassen möchten, ist das Gobbo herzlich egal. Bisher hat noch jeden Fernsehabend eine über unseren Köpfen kreisende Katzenangel mit Federstück gerettet – während Gobbo um den besten Typen und mich herum über Sofakissen und Lehne um den Couchtisch und wieder aufs Sofa hastet, schauen wir weiter fern. Das ist vorbei. Denn seit einigen Wochen hat Gobbolino die hohe Kunst des Dingeschubsens für sich entdeckt.

Dingeschubsen ist – das zeigen der Erfahrungsaustausch mit Katzenhaltern auf der ganzen Welt sowie etliche Katzenvideos im Internet – unter Katzen eine verbreitete Angewohnheit. Manche meinen, es sei ein Zeichen dafür, dass der Stubentiger Aufmerksamkeit möchte. Das mag für manche Miezen stimmen. Bei Gobbolino ist es zusätzlich Performance-Kunst. Seit einigen Wochen also unterbricht Gobbolino seine Jagd nach dem Federdingens, das er übrigens außerhalb der TV-Primetime abgöttisch liebt, und springt dafür auf den Esstisch hinter der Couch. Dann fängt er an, hinter unserem Rücken Dinge zu schubsen. Mit seinem niedlichen Ächzen geht es los, begleitet von dem Geräusch, welches, was auch immer auf dem Tisch liegt, macht, wenn er mit seiner Vorderpfote drauf herumdrückt. Ist es ein (meist durch mich dort liegen gelassener) Brief, knistert es, ist es ein (meist durch mich dort liegen gelassener) Schlüssel, klimpert und klopft es, und wenn ich mal nichts darauf liegen gelassen habe, kratzt es (Gobbo schubst das Esstisch-Teelicht) oder es scharrt (Gobbo schubst am Bild über dem Esstisch rum). Danach geht alles in ein unterschiedlich gefärbtes, unregelmäßiges Schaben unter angestrengtem Gurren über, wenn Gobbolino anfängt, Diverses in Richtung Kante und in letzter Konsequenz auch über die Kante zu befördern.

In einem unserer „Katzenerziehung für Dummies"-Bücher lasen wir, dass das Verhalten am besten ignoriert wird. Man wolle dem Katzentier ja nicht signalisieren, dass diese „Aufmerksamkeit jetzt, oder ich schubse Dinge, bis sie runterfallen"-Nummer funktioniere. Aber wissen Sie was? Das ist unmöglich. Weil Gobbo trotz unserer Nichtbeachtung weiter Dinge schubst, bis sie – nun – herunterfallen. Zumal ein gusseisernes Teelicht erschreckend laut ist, wenn es nach dem finalen Streich auf dem Laminatboden aufkommt. Nach ein, zwei Mal Ignorieren kommen Sie nicht umhin, vorsichtig über die Schulter zu schielen, wenn es vom Tisch her ächzt, kratzt, schabt oder knistert. Sobald Gobbolino das bemerkt – jetzt kommt der künstlerische Teil –, erstarrt er mitten in der gerade ausgeführten Bewegung und starrt zurück. Sobald wir wegsehen, schubst er mit Hingabe weiter. Wir sehen hin, Gobbos Pfote stoppt knapp vor dem Schlüssel, und der Kater glotzt. Wir sehen weg, der Schlüssel landet auf dem Boden. Wir sehen hin, Gobbos Pfote ruht unbedarft auf dem Schreiben der Bank. Wir sehen weg, es segelt zu Boden.

Der beste Typ überhaupt hat mir jetzt verboten, Dinge auf den Tisch zu legen, das Bild angenagelt, das Teelicht festgeklebt. Es verbleibt einzig der Tischläufer. Sobald der vom Tisch geschubst wurde, widmet sich Gobbo zum Glück wieder seinem Lieblingsspielzeug.

43. Bügelbrettflaneure

Der beste Typ überhaupt ist ein eifriger Bügeler. Er bügelt seine Sachen und – seit ich ihn beim Nachbügeln meiner Arbeit erwischt habe – auch meine, und beides sehr gründlich. Zum Glück brauchen Gobbolino und Emily keine Kleidung, sonst würde er diese wohl auch noch bügeln. Kurzum: In unserem Haushalt steht das Bügeleisen selten still, und auch das Bügelbrett steht dann aufgebaut im Wohnzimmer herum. Das hat aber nicht nur mit der Höhe der zu glättenden Wäscheberge zu tun, sondern vor allem mit Gobbolino und Emily.

Auch wenn unsere beiden Katzen dankenswerterweise auf Wäsche verzichten, so nehmen sie doch auf vielfältige Weise an unserem Wäschekreislauf teil. Gefahr, in der Wäschetrommel mitzufahren, laufen sie zwar nicht, weil dieser Teil des Prozesses bei uns in den Keller ausgelagert ist. Aber dann und wann machen Gobbo und Emmi auch mal etwas schmutzig. Kommt die Wäsche dann körbeweise und wohlriechend aus dem Keller, machen sie gern ihr Nickerchen darauf. Und wenn ich den Kleiderschrank mal offen lasse, vergräbt sich mit ziemlicher Sicherheit ein kleiner neugieriger Kater darin. Oder Emmi blickt uns mit mysteriösen, großen Augen stolz aus den Wäschestapeln entgegen. Oder gern auch beides. Zwischen kuschlig-unordentlichen Wäschebergen und interessant-verwinkelten Textilabyrinthen im Schrank liegt aber noch eines: das Bügeln.

Hierzu haben unsere Katzen ambivalente Gefühle: Das gefährlich zischende und garstig Wasser verspritzende Bügeleisen nötigt ihnen Respekt ab. Das Bügelbrett hingegen finden Gobbo und Emily ganz famos. Na klar, es ist ein erhöhter Platz, auf dem man sich herrlich ausstrecken oder herumrollen kann. Im Gegensatz zu noch höheren Plätzen wie dem Wohnzimmerregal, das nur eineinhalb Katzenköpfchen über ihnen unter der Zimmerdecke endet und somit immer im Schatten liegt, taugt das Bügelbrett im Sommer zudem als Sonnendeck, es ist mit einem Sprung vom Boden erreichbar und lässt sich so prima in Jagdspiele integrieren. Und wenn der Jäger schon ein bisschen ermattet auf dem Bügelbrett niedergesunken ist, kann er dem Federspielzeug immer noch müde mit der Tatze nachhauen – und zwar nicht nur nach oben, sondern auch nach unten.

Das einzige Problem mit der Bügelbrettaffinität unserer Katzen, ist haarig – im wörtlichen Sinn. Der beste Typ überhaupt war nicht angetan, als sich sein perfekt geglättetes weißes Hemd bei näherer Betrachtung als in Pelz paniert erwies und mit dem Fusselroller bearbeitet werden musste – genauso wie natürlich auch der Bügelbrettbezug. Eine Lösung, um uns diesen Aufwand in Zukunft zu ersparen, den Miezen aber dennoch ihre Bügelbrettfreuden zu ermöglichen, war aber schnell erdacht. Seitdem steht das Bügelbrett zwar weiterhin oft aufgebaut im Wohnzimmer herum, aber dann mit einer alten Decke drauf, die sich der verlorenen Stubentigerfellmassen willig annimmt (und freilich ab und an gut ausgeschüttelt werden muss). Die Katzen finden's prima, denn zum einen macht die Decke das an sich eher harte Bügelbrett erheblich kuschliger, zum anderen ergibt sich so eine zusätzliche Spielmöglichkeit – O, da hat sich doch gerade was bewegt unter der Decke?

44. Schwarze Katzenhorrorshow

Viele Menschen lieben Katzen, weil sie anmutig und elegant sind oder drollige Dinge tun – Millionen Videos im Internet beweisen das. Aber die süßen Fellnasen können auch ganz schön gruselig sein. Hier kommen unsere zehn gruseligsten Miezmomente:

Platz 10: Sie werden nachts wach und blicken direkt in zwei kleine goldgelbe Augen.

Platz 9: Sie werden nachts wach und blicken direkt in zwei große giftgrüne Augen.

Platz 8: Sie werden nachts wach, weil sich die Schlafzimmertür wie von Geisterhand bewegt. Sie fahren auf und denken: Einbrecher, Baseballschläger, Poltergeist. Dann hören Sie das Trippeln kleiner, krallenbewährter Pfötchen auf dem Laminat.

Platz 7: Sie werden nachts durch Höllenlärm geweckt. Sie denken „Bombenangriff", Schweiß bricht aus, Sie tasten hektisch nach dem Lichtschalter – und bemerken dann ihre Lieblingssukkulente Eddie, die zerschmettert vor der Kommode liegt, auf der sie vormals wohnte. Gobbolino sitzt mit erschreckt-unschuldigem Blick daneben und beteuert: „Er hat angefangen!"

Platz 6: Sie sind allein in der Küche, haben Musik an und singen schräg mit, während Sie albern mit den Hüften wackeln und den Kochlöffel als Mikrofon verwenden. Plötzlich springt ein schwarzer Schatten vom Küchenschrank, segelt nur Zentimeter an Ihrem Gesicht vorbei und flieht mit einem Geräusch, das ein bisschen wie „Dasistjanichtauszuhalten" klingt, durch die Tür ins Wohnzimmer.

Platz 5: Sie sehen sich die Zombie-Serie „The Walking Dead" im TV an. Da plötzlich spüren Sie ein Kribbeln im Nacken. Dann hören Sie ein lautes Schmatzen. Sie fahren herum, um sich gegen die fresswilligen Zombiehorden in der Wohnung zur Wehr zu setzen – und finden Ihren Kater vor, der genüsslich an einer Ihrer Haarsträhnen kaut.

Platz 4: Sie sehen sich die Zombieserie „The Walking Dead" im TV an. Ihre Katze sitzt auf dem Kratzbaum neben dem Fernseher und schaut sich das Gemetzel ebenfalls sehr interessiert an. Sehr interessiert. Zu interessiert.

Platz 3: Sie öffnen den Kleiderschrank und wühlen sich bis nach hinten durch, um dieses eine T-Shirt zu finden, das Sie mal wieder tragen wollen. Plötzlich schießt der Schmerz in Ihre Hand – Sie haben die Falle aus Krallen, Zähnen und Höllenqualen erwischt. Sie ziehen die Hand heraus und bemitleiden sich. Dann entscheiden Sie sich für das T-Shirt vorn im Schrank.

Platz 2: Sie torkeln nachts nach einem Albtraum über den Flur zur Toilette. Plötzlich stolpern sie über etwas und hören den Schrei einer Kreatur, deren Seele auf ewig in der Unterwelt gefangen scheint. Dann bestechen Sie die arme Kreatur voll des schlechten Gewissens mit Leberwurst, um ihr eigenes Seelenheil zu retten. Danach sind Sie erst mal wach.

Platz 1: Sie torkeln nachts nach einem Albtraum über den Flur zur Toilette. Plötzlich vernehmen Sie das Geräusch einer galoppierenden Büffelherde. Dann schießen Ihnen zwei bepelzte Kugelblitze durch die Beine. Sie straucheln und halten sich an den Schuhschränken im Flur fest. Da diese dummerweise nicht ordnungsgemäß befestigt sind, reißen Sie sie um und landen schuhbedeckt auf dem Flurteppich. Sie drehen benommen den Kopf. Vier im Mondschein leuchtende Äuglein sitzen scheinbar körperlos am Ende des Flurs, blicken Sie an, danach einander, und hopsen dann in Einigkeit in die Dunkelheit davon.

45. Dr. Schnurr rät ...

Viele Tierbesitzer attestieren ihren Lieblingen, egal, ob Katze, Hund oder Ratte, einen siebten Sinn. Bei Hunden ist er bewiesen: Es gibt Hunde, die Laut geben, wenn bei Frauchen der Blutzucker zu niedrig ist oder epileptische Anfälle drohen, sie erschnüffeln im Dienst der

Medizin Krebs oder warnen vor Naturkatastrophen. Katzen werden dazu meist nicht eingesetzt – wahrscheinlich, weil sie sich nicht so gut trainieren lassen. Sie pflegen eben (oft) zu ignorieren, was Mensch will. Das macht sie dem besten Typen überhaupt und mir übrigens noch sympathischer.

Aber auch Mieze hat siebtsinnliche Geheimnisse. Vermutet wird beispielsweise, dass Katzen durch Schnurren die eigene Knochenbruchheilung beschleunigen. Auch fanden Forscher heraus, dass das Schnurren den Blutdruck senkt und beruhigt – sowohl Mieze selbst, als auch beschnurrte Menschen. Es gibt schon Altenheim- oder Krankenhauskatzen, die so das Wohlbefinden der Patienten verbessern. Einen siebten Sinn haben sie ebenfalls; und dafür gibt es sogar Anzeichen bei uns Zuhause. Gobbo und Emmi sind, wie Sie ja wissen, nicht unbedingt bedingungslos schmusige Schoßkatzen. Umso überraschter war ich, als sie plötzlich aus dem Nichts heraus eine Schmuseoffensive starteten – Emily wollte nicht aufhören, um meine Beine zu streichen, Gobbolino legte sich ungewöhnliche lange zu mir auf die Couch. Fressbetteln als Ursache scheidet aus – die Näpfe waren bereits ausgeteilt. Ich wunderte mich weiter, denn auch die ganze Nacht lag Gobbolino auf mir rum und schnurrte mir ins Ohr.

Ohne eine Erklärung dafür zu haben, warum ich plötzlich ein solcher Fixpunkt – und der beste Typ überhaupt zum Nebendarsteller – geworden war, ging ich am nächsten Tag zur Arbeit. Über den Tag ging es mir immer schlechter – eine fiese Grippe bahnte sich ihren Weg durch mein System. Ich bin sicher: Meine Miezen haben genau das gemerkt. Die folgenden Tage verbrachte ich schlafend im Bett. Wann immer ich erwachte, fand ich meinen Kater in ungewöhnlichen Posen bei und auf mir vor, und immer schnurrend: Auf meinem Brustkorb, oben auf dem Kissen um meinen Kopf gewickelt, an meiner Seite, eine Pfote auf meinen Hals gelegt. Auch Emmi, die sich normalerweise penibel an den zwischen ihr und Gobbolino ausgehandelten Pakt zur zeitlichen Aufteilung der Liegeplätze hält, gesellte sich zu uns aufs Bett und bewachte den Fußraum.

Seitdem schläft Gobbolino übrigens nachts – bis er gegen 6 Uhr fit wird und Terror macht – öfter bei mir im Bett. Auf mir drauf. Liege ich auf der Seite, liegt er auf Hüfte und Taille und lässt das Pfötchen seitlich herunterbaumeln. Drehe ich mich auf den Rücken, robbt er über meine Hüfte mit und rollt sich danach auf meinem Bauch zusammen. Und wann immer ich kurz verschlafen zu Bewusstsein komme, höre ich ihn schnurren. Ob er mich mit damit gesund halten möchte? Naja, auf jeden Fall kann ich bei der nächsten verdächtigen Zuneigungsoffensive meiner Miezen für den nächsten Tag direkt einen Arzttermin ausmachen – dann sitze ich wenigstens nicht stundenlang im Wartezimmer!

46. Phantomkatzeritis

Seit Mensch und Tier zusammenleben, versucht der Mensch das Tier zu konditionieren, damit das Tier tut, was der Mensch möchte. Berühmt geworden ist der Hund des Herrn Pawlow, welcher begleitend zu seinem Futter so lange mit der Glocke gebimmelt bekam, bis er allein durch das Geläute zu sabbern anfing. Also, der Hund, nicht der Herr Pawlow. Und was brachte diesem der hündische Speichelfluss? Stunden lästigen Bodenwischens – und den Nobelpreis.

Nicht immer aber sind die Rollen in der Mensch-Tier-Beziehung so klar verteilt wie zwischen Herrn Pawlow und seinem Hund. Der beste Typ überhaupt und ich zum Beispiel sind mit den Erziehungsversuchen bei unseren Miezen, naja, sagen wir mal, mäßig weit gekommen. Stattdessen beobachten wir mittlerweile Symptome einer Konditionierung unserer selbst durch unsere kätzischen Mitbewohner.

Woran man das erkennt? Zum Beispiel hat Versuchsleiter Dr. Gobbolino uns mittlerweile so oft mit der Reizkombination kleiner Kater und halb volles Glas, das irgendwo unbedarft stehen gelassen wird, konfrontiert, dass wir auf halb volle Gläser inzwischen auch bei felltigerlosen Freunden heftig reagieren: Aaaah, das können wir doch nicht so stehen lassen! Doch, natürlich können wir. Kein frecher, pelziger Glasschubser weit und breit – der im Gegensatz zu Herrn Pawlow noch nicht mal das Bodenwischen übernimmt. Man könnte es auch als eine Art Phantomschmerz bezeichnen. Wenn ich in Hotels übernachte, schleppe ich allen Ernstes die halb leere Kaffeetasse wieder mit zum Frühstücksbüfett; Kaffee kann Gobbo überhaupt nicht riechen und ... äh ja, richtig, der ist ja zu Hause. Aber es sind ja nicht nur die halb vollen (in unserer unheilvollen Vorahnung bereits ganz leeren, wenn nicht gar ganz zerbrochenen) Gläser und Kaffeetassen. Weitere Symptome unserer Phantomkatzeritis: Auf geöffnete Balkontüren reagieren wir mit für Gastgeber unverständlicher Panik: Schnell die Tür zu, der Balkon ist doch gar nicht gesichert! Nee, muss er ja auch nicht, in Ermangelung von Katzen, die schwindelsüchtig auf dem Geländer balancierend gleich darauf fünf Stockwerke in die Tiefe stürzen könnten. Ebenso wie es, wenn wir bei Freunden übernachten, selbstverständlich absolut sinnlos ist, vor dem Schlafengehen mit dem besten Typ überhaupt darüber in Verhandlungen zu treten, wer jetzt noch schnell das Katzenklo reinigt ... Oder, um eine eher dümmlich-süße Nebenwirkung zu nennen: Manchmal schickt der beste Typ überhaupt statt einer unter Menschen üblichen Zärtlichkeitsbekundung wie Kussmund oder Ähnlichem unwillkürlich ein Katzenblinzeln zu mir herüber. Geht's noch – soll ich jetzt etwa anfangen zu schnurren? Ich lange dir gleich eine mit der Tatze, dann weißte Bescheid. Heute keine Leberwurst für dich vor dem Schlafengehen! Diagnose: Phantomkatzeritis im Endstadium, wahrscheinlich unheilbar. Gobbo, Emmi, ich hoffe, ihr kriegt einen Nobelpreis dafür. Den stellen wir dann ins Regal und tun so, als wäre es unserer. Beziehungsweise wir kleben ihn natürlich fest, weil sonst der Gobbo wieder ... Wie gesagt: Wahrscheinlich unheilbar.

47. Tuchtanz à la Gobbolino

Erinnern Sie sich? Daran, dass Sie als Kind allein mit Stock und Stein stundenlang spielten? Mein Katerchen hat mich daran erinnert. Vor drei Wochen legten wir unsere transparenten Vorhänge in den Flur an die Wohnungstür, um sie zum Waschen in den Keller zu bringen. Gobbolino allerdings wusste viel damit anzufangen. Seine Tüchertanz-Schritte:

Tanzschritt 1: Das Scharrballett. Dazu nimmt Gobbolino auf dem Stoff Haltung an. Dann führt er eine Vorderpfote auf Kopfhöhe aus seinem Tanzbereich heraus und lässt sie in Maximalstreckung auf das Tuch fallen. Dann loggt er ein, in dem er die Krallen ausfährt. Die finale Bewegung: Die Pfote wieder zu sich ziehen, sodass sich der Stoff schön riffelt und auftürmt. Dann: Eine Vierteldrehung, und der Tanzschritt wird erneut ausgeführt. Das tut Gobbolino, bis um ihn herum ein schöner, chaotischer Haufen Tuch entstanden ist. Jetzt ist alles vorbereitet für ...

... **Tanzschritt 2: Der rasende Maulwurf.** Dazu positioniert sich Gobbolino in drei Meter Entfernung zum Tuchberg. Er kauert, schiebt die Vorderpfoten vor, die Schnurrhaare und Öhrchen auch. Dann startet er den rasenden Maulwurf, indem er seine Pupillen aufdreht, den Hintern leicht hebt, ihn dann ein paarmal schnell hin und her wackelt und lospescht. Die Krallen radauen über das Laminat, bis der kleine Kater kopfüber in die Tücher taucht. Weil der Vorhang auf dem Laminat so prima rutscht, saust Gobbo dann bäuchlings, alle Viere von sich gestreckt, über den Wohnzimmerboden, bis entweder die Heizung, die Couch, das Tischbein oder das Weinregal ihn stoppen. Danach gräbt er sich ein und ruht sich eine Weile im Tuchberg aus. Irgendwann kommt dann ...

... **Tanzschritt 3: Die Tüllfalle aus Klauen und Zähnen.** Diese Figur wird wahlweise mit Emily oder den Dosenöffnern getanzt und funktioniert simpel: Durch den Stoff beobachtet Gobbolino alles, was dem Tuchberg über ihm nahekommt und langt danach. Nebenwirkungen bei Dosenöffnern: ein schönes Zickzack-Kratzmuster auf beiden Händen. Nebenwirkungen bei Emily: offensichtlich Vergesslichkeit. Kann es wirklich sein, dass sie innerhalb von Sekunden vergisst, dass der Tuchberg angreift und immer wieder daran vorbeiläuft? Und jedes Mal wieder furchtbar erschrickt, sich senkrecht in die Luft katapultiert und dann unters Bett flieht? Um dann, Minuten später, dummdidumm, genau denselben Weg wieder ...Ach. Lassen wir das. Kommen wir lieber ...

... zu **Tanzschritt 4: der hungrigen Raupe**. Er dient dem Vorwärtskommen und wird oft durch eintreffendes Futter ausgelöst. Dazu erhebt sich Gobbolino in die Tücher gehüllt auf alle Viere, macht einen Buckel und dehnt sich, indem er die Vorderpfoten mit dem Stoff nach vorn rutschen lässt. Dann trippeln die Hinterpfoten hinterher, bis wieder ein Buckel entsteht. Jetzt rutschen die Vorderpfoten wieder nach vorn und so weiter. Am Napf angekommen wühlt er seinen Kopf aus seinem Tuchhaufen, schnuppert, leckt die Soße aus dem Napf und vergräbt den Rest unter den Tüchern. Ja, ich weiß. Wir müssten die Vorhänge jetzt wirklich mal waschen.

„Na und? Ich stecke halt gern unter einer Decke."

48. Interview mit einem Katztier

Zum exklusiven Interview erscheint Gobbolino klassisch in Schwarz, etwas verschlafen, aber gut gelaunt, mit einem Schälchen Katzenleberwurst. Nachdem er sich im Interviewkorbsesselchen zusammengerollt und an seinem Snack geleckt hat, gurrt er in Richtung der wartenden Journaille: Miez-Übersetzungsgerät läuft, los geht's.

Zeitung: Herr Gobbolino, Sie sind von gestern auf heute durch die Veröffentlichung als kätzischer Held eines Büchleins zum Star geworden. Können Sie noch auf die Straße, ohne erkannt zu werden?

Gobbolino: Ich bin Wohnungskatze und gehe nicht auf die Straße.

Zeitung: Äh, ja, richtig, Entschuldigung. Wir formulieren um: Hat sich Ihr Leben geändert?

Gobbolino: Hmm, mal überlegen: Fressen – wie vorher, Spielqualität – ebenfalls unverändert, und fester gekrault oder so werde ich auch nicht. Halt, doch, eine Sache: Ich komme mir doch sehr beobachtet vor. Besonders am Wochenende, wenn der eine Dosenöffner wieder Geschichtchen schreibt und noch Ideen braucht...

Zeitung: Und? Nervt's?

Gobbolino: Nein, aber dass es die Dosis nicht nervt, wundert mich. Wenn ich fresse, zum Beispiel, machen sie freudig „O!" – und schreiben was. Fresse ich nicht, weil wieder der schlimmste Fraß auf Erden im Napf ist, machen sie auch „O!" – und schreiben was. Wenn ich schlafen will, gucken Sie von oben in mein Körbchen und machen „Ah!" und „O!" – und schreiben was. Wenn ich aufs Klo gehe, machen sie „Boah!", halten sich die Nase zu – und schreiben mit der anderen Tatze was. Das wäre mir zu stressig. Schon gut, dass wir Katzen die Menschen im Glauben lassen, dass wir nicht viel mehr machen können, als wir eben machen. Sonst müsste ich die Geschichtchen am Ende noch selbst schreiben.

Zeitung: Mal angenommen, Sie wären trotzdem mal dran – welche drei Themen würden Sie ansprechen?

Gobbolino: Also erst mal: Happa-Happa. Ich würde ganz detailliert aufschreiben, was ich mag. Happa-Happa ist eine Geschichte voller Missverständnisse, vor allem, wenn ich meine Portion demonstrativ vergrabe und Emmi sie dann doch wegschlabbert.

Zweitens würde ich enthüllen, dass diese Dosenöffner immer unverschämt lang schlafen. Keiner will um halb fünf mit mir Fetz machen. Das prangere ich an.

Drittens: das Thema Ordnung. Da sitzen die Dosis abends vor einem Viereck mit bunten Bewegtbildern – und ignorieren mich. Dabei haben sie den Esstisch noch gar nicht aufgeräumt! Wäre mir die Dosi-Sprache nicht zu vulgär, würde ich einfach brüllen: „Macht doch mal ordentlich hier!" Stattdessen springe ich auf den Esszimmertisch und beginne mit dem Aufräumen. Aber weißte, die Dosenöffner sind zu doof, das zu kapieren. Die denken, es ginge mir ums „Dingeschubsen", wie sie sagen. Der Dosenöffner mit dem längeren Fell macht den Tisch trotzdem immer unordentlich.

Zeitung: Für viele Katzen sind Sie ja jetzt ein Vorbild – ist der Druck groß?

Gobbolino: Ich bin von Natur aus ein sehr interessanter Kater. Ich bin stattlich, niedlich, verspielt – ein Traumkater eben. Klar bin ich ein Vorbild. Das ist ja Fakt. Warum sollte mir das denn Druck machen?

Zeitung: Deckt sich die Realität wirklich mit Ihrem Image? Es gibt Gerüchte, dass Sie oft jammerten, viel Unsinn im Kopf hätten und noch bei Ihrer Mutter wohnten.

Gobbolino (schaut auf die Uhr): Herrschaften, ich muss zu meinem nächsten Termin. Viel Erfolg noch.

49. Oh Tannenmaunz

Baum oder nicht Baum, das ist hier die Frage. Ein prächtig geschmückter Weihnachtsbaum mit schön verpackten Geschenken darunter stimmt uns festlich und rührselig. Für unsere Miezen sieht er eher aus wie ein Abenteuerspielplatz. Und der kann gefährlich werden. Ein Gedankenexperiment und sein Ergebnis.

Was würden die Miezen wohl mit diesem Arrangement in ihrem Revier anstellen? Weil wir sie schon eine Weile kennen, können wir uns das ganz gut vorstellen. Da stünde also ein Baum, mit Kugeln, Figürchen und Lametta dran. Darunter Geschenke in diversen Größen, umwickelt mit buntem Weihnachtspapier. Kerzen sorgen für stimmungsvolles Licht. Halt. Wir streichen die Kerzen lieber. Zu gefährlich. So ein Fell ist ja durchaus kokel-anfällig. Ersetzen wir sie in unserem Gedankenexperiment lieber durch eine Lichterkette mit Leuchten in Kerzenform.

Doch halt: Lametta und Kugeln, die an den Ästen baumeln? Einzig möglicher Zweck aus Katzensicht: Alles muss heruntergepfötelt werden. Dann treten die Miezen in die Scherben auf dem Boden. Nein, das geht natürlich nicht. Also steht der Baum nun in unserer Vorstellung ohne Dekoration da. Immerhin leuchtet noch die Lichterkette, doch nochmals halt: Der Duft des Baumes ist natürlich hochinteressant! Weshalb unsere Miezen vor unserem geistigen Auge nun an den Ästen schnuppern und an den Kabeln der Lichterkette knabbern.

Das geht natürlich nicht. Also Rolle rückwärts: Der Baum steht nun doch komplett nackig in unserer Vorstellung rum. Mit den Geschenken darunter ist er aber immer noch ein weihnachtlicher Anblick. Doch halt: Nun haben die Miezen den Stamm entdeckt und beginnen, daran ihre Krallen zu wetzen. Beim Blick nach oben entdecken sie die Äste – eine deutliche Klettereinladung. Oh je, Tannenbaum. Der Baum nadelt wie verrückt und früher oder später ... Uaaah – Baum fällt!

Zum Glück nur in unserer Vorstellung, aus der er jetzt ganz verbannt wird – übrig bleibt ein Haufen Geschenke. Doch halt: Das sind ja Kartons. Und nichts finden Katzen so toll wie Kartons. Also fangen unsere Miezen nun an, auf die Geschenke zu springen und das Papier wegzuscharren, um in die Box zu kommen. Wozu dann überhaupt in schönes Papier einpacken? Also ersetzen wir es in unserer Vorstellung durch mehrere Lagen Zeitungspapier.

Doch halt: Weihnachten ohne Baum geht ja irgendwie auch nicht. Eine Alternative muss her. Nach dem Gedanken-experiment entstand im Kreativworkshop mit dem besten Typen überhaupt folgendes Anforderungsprofil: Muss kratzfest sein. Ungeschmückt und unkippbar. Ohne wackelige Äste. Und so klein, dass man nicht darauf klettern will. Die Lösung: An ein 30 Zentimeter langes Stück Stamm mehrere kurze Holz-latten ringsum übereinander-lappend annageln. Das baumförmige Gebilde wird auf einem stabilen Sockel befestigt. Der wird auf dem Fensterbrett festgeklebt. Et voilà: Fertig ist der 1a-Kratzbaum, der in modernem Chic den Weihnachtsbaum mimt. Die im Holz versenkten Nagelköpfe glitzern bei guter Beleuchtung sogar ein bisschen wie silberner Christbaumschmuck. Und der Dekowahn des besten Typen überhaupt: wegargumentiert. Oh, ich Fröhliche!

50. Miezmultitasking

Hunde wollen Menschen gefallen. Katzen aber müssen die Menschen gefallen. Und es ihnen recht zu machen, ist gar nicht so einfach.

Besonders, wenn man gerade etwas anderes tut, sie das aber nicht einsehen wollen. Dann ist Miezmultitasking gefragt. Ein Grundkurs.

Lektion 1: Die „Stop-and-Go-Technik" einsetzen. Wahlweise beim Katzenkloreinigen oder beim Fressnäpfe aus der Küche raustragen anzuwenden: Die Reinigungsdienstleistung am Klo wird von Gobbolino ja streng überwacht. Wann immer wir die Schaufel ins Streu senken, sind die Katerpfötchen in regelmäßigen Abständen sanft vom Toilettenrand zu schieben. Schaufeln – Schieben – Schaufeln – Schieben. Ebenso verhält es sich mit dem Tragen der Näpfe von der Küche zum Fressplatz. Man geht einen Schritt, guckt dann nach unten und schiebt mit dem Fuß vorsichtig das jeweilige Tier zur Seite, über das man sonst gestolpert wäre. Dann wieder einen Schritt, bevor man das zweite Tier zur Seite schiebt.

Lektion 2: Zusatzreize anbieten. Der beste Typ überhaupt würde gern seine Schuhe anziehen, aber Gobbolino votiert dagegen. Indem er sich darauflegt. Was tun? Ganz einfach: Frische Socken holen. Dann neben Gobbolino auf den Boden setzen. Erste Socke ausziehen und in einem Meter Abstand vor Gobbolino ablegen. Davor in einem sanften Halbkreis vor seiner Nase entlangschwingen. Gobbolino wird sich sodann erheben, zu der Socke trotten und sie beschmusen, während der beste Typ überhaupt schnell die frischen Socken und Schuhe anzieht. Wenn Gobbolino Dinge vom Tisch schubst, werfen wir Papierflieger in den Flur. Wenn Gobbolino meckert, weil eine Tür unerhörterweise mal hinter einem von uns geschlossen wird (weil wir aufs Klo müssen), steht der andere mit der Katzenangel bereit. Und so weiter.

Lektion 3: Abläufe auf die Bedürfnisse der Katze(n) abstimmen. Emily erwartet von uns Höchstleistungen: Die große Kür, bei der Lektion 1 und Lektion 2 meisterlich verknüpft werden. Besonders morgens, wenn ich es eilig habe, sie jedoch ohne eine Runde Kraulen auf dem Bett die ärmste Mieze der Welt wäre. Hier hilft die Integrationsmethode „Staffelklamottenlauf". Statt alles aus dem Schlafzimmerschrank zusammenzusuchen, was ich an dem Tag tragen will, und es dann anzuziehen, suche ich jeweils nur ein Stück heraus und lege es zu Emmi aufs Bett (Lektion 1: Stop and Go). Sie stellt sich drauf und gibt kurz Köpfchen an meiner Hand. Dann angele ich die nächste Klamotte und lege sie daneben (Lektion 2: Zusatzreiz). Emmi schreitet vom vorigen auf das aktuelle Stück und gibt Köpfchen. Mit der zweiten Hand angele ich dann das erste Stück und ziehe es schnell einhändig an (Lektion 1: Stop and Go). Die andere Hand krault Emmi. Dann bugsiere ich das nächste Stück aus dem Schrank aufs Bett (Lektion 2: Zusatzreiz). Emmi stellt sich drauf und wird gestreichelt. Dabei angele ich nach dem vorigen Kleidungsstück ... und so weiter. Ganz schön gut, oder? Wenn Emmi und Gobbo ihr Pfötchen auf unser Kurszeugnis setzen, können wir bald zum Fortgeschrittenenkurs wechseln: Mit beiden Katzen gleichzeitig spielen.

51. Still(er)e Nacht ...

Endlich Weihnachten! Der Weihnachtscountdown ist vorbei. Der, den wir mit Adventskalendern verfolgen. Keine Adventskalender mehr! Das heißt für uns: Endlich wieder eine Chance auf Durchschlafen!

Eigentlich ist das „Kalendern" ja eine schöne Sache. Mein Kalender, den mir der beste Typ überhaupt bestückt, besteht aus einer Kordel mit kleinen nummerierten Filzsäckchen, die neben meinem Bett von Lampe zu Regalbrett gespannt ist. Mein Adventskalender für den besten Typen überhaupt, eine Holzschale mit nummerierten Papiertütchen, steht auf seinem Nachttisch. Beide Kalender entstammen der Prä-Katzen-Ära, denn: Meiner baumelt, seiner knistert. Wie sich das mit nachtaktiven Miezen verträgt? Geht so.

Und so verlief denn auch unser Miezadvent. Stille Nacht, schön wär's! Nacht zum 1. Dezember, 0.33 Uhr: Ich erwache, weil etwas gurrt. Im Mondlicht erkenne ich Gobbolino, der die Täschchen meines Adventskalenders schubst. Ich teile ihm verschlafen mit, dass sein Verhalten unerwünscht ist. Er holt aus und schlägt seine Krallen in Täschchen Nummer zwölf, sodass die in der Mitte mit Klebeband nur dürftig am Regalbrett befestigte Kordel absackt und die für Mitte des Monats vorgesehenen Säckchen auf den Boden befördert werden. Ich fummele schlaftrunken die Befestigung von der Lampe – was schon auf dem Boden liegt, kann Mieze nicht mehr runterholen.

Nacht zum 6 Dezember, 1.54 Uhr: Ich erwache, weil es neben mir knistert. Im Leuchtschein des Weckers erkenne ich Gobbolino zwischen den weißen Papiertütchen in der Adventschale des besten Typen überhaupt. Ein stimmungsvolles Stillleben. Dann pfötelt das Katerchen anmutig Päckchen Nummer 23 über den Schalenrand. Vorbei mit Stillleben! Das Päckchen plumpst den besten Typen überhaupt wach, der packt den Kater sanft unter den Arm und setzt ihn in den Flur. Tür zu. Wegdämmern. Aufschrecken. Immer noch Nacht zum 6. Dezember, Kateraufstand draußen vor der Tür, mit Kratzen, Klopfen und Klinkenklappern. Nicht sehr besinnlich. Der beste Typ überhaupt macht hoch die Deck' und das Tor weit, rein kommt der Kater der Herrlichkeit. Die Schale mit seinem Adventskalender stellt mein Liebster auf den Boden. Was dort steht, kann zwar noch knistern, aber nicht mehr plumpsen.

Nacht zum 12. Dezember: Wir schlafen durch. Am Morgen ist mein Adventskalender verschwunden. Ein Stück der Kordel lugt unter der Couch hervor. Was auf dem Boden liegt, kann zwar nicht mehr fallen. Aber verschleppt werden kann es noch. Nacht zum 13. Dezember: Die Kordel ist an die Wand genagelt und der Knisterkalender in den Bettkasten verbracht. Kommet, ihr Kätzchen. In Erwartung einer geruhsamen Nacht gehen wir ins Bett. Doch um 3.40 Uhr werden wir geweckt. Gobbos neue Herausforderung: den Inhalt der Filztaschen meines Kalenders herauspföteln. Also wanderten auch meine Päcklein in den Bettkasten. Und Gobbolino? Hat bekommen, was er wollte: Mein Kordeltäschchenkalender hängt nun in Katerhöhe im Wohnzimmer. Bestückt mit Katzensnacks. Dass man immer nur eins leeren soll, konnten wir ihm freilich nicht erklären, aber sei's drum: So haben wir für den Rest des Advents zwar keine stillen Nächte. Aber zumindest stillere.

52. Leise rieselt der Pelz

Katzen kommen mit einem großen Nachteil: ihren Haaren. Wobei wir sie auch nicht ernsthaft haarlos haben wollten. Zwar gibt es tatsächlich Nacktkatzen ohne Fell. Schön ist aber anders. Ich präzisiere also: Haare sind gut, Haaren ist blöd. Ein Weihnachtsgeschenk hat da voll ins Schwarze getroffen. Ins schwarze Miezhaar könnte man sogar sagen. Denn im Gegensatz zu Schnee rieselt das diesen Winter ganz ordentlich. Doch zuerst etwas zur haarigen Vorgeschichte.

Unsere zwei Miezen zogen in einem November bei uns ein und suggerierten uns erst einmal, die Quadratur des Kreises sei kein Hexenkatzenwerk. Sie schienen echt jedes einzelne ihrer Haare brav bei sich zu behalten. Kein Härchen klebte an unseren Klamotten, kein Pelz bedeckte unser Bett, keine Büschel wehten über unseren Flur wie Gestrüpp in einem Western über den Dorfplatz, bevor Sheriff und Schurke zum finalen Duell aufeinandertreffen: für eine Handvoll Haare mehr. Wir dachten schon, unsere Miezen würden ihre auf ewig akribisch an der designierten Stelle in ihrem Fell bewahren. Wir wähnten uns gesegnet mit den fellausfallunfehlbarsten Felinen dieser Galaxie. Doch dann kam der erste Frühling mit unseren Miezen. Und unser naiver Wunschtraum zerschellte an der ha(a)rten Realität.

Beide langten wir uns an den Kopf und rauften uns die Haare: Klar hatten die beiden erst mal kaum ein Härchen gelassen. Es war ja Winter, und auch bei Katzen gibt es den Fellwechsel. Nur der ist halt nicht im Winter. Sondern danach. Ein bisschen peinlich war uns der Irrglaube schon. Und ein bisschen plötzlich wurden wir dann von der Haarflut erwischt, die über uns hereinbrach. Unser großes Leid klagten wir unseren Familien – zu Weihnachten wurde uns dann Abhilfe geschenkt: Aus dem Päckchen meiner Eltern schälten wir nach und nach einen kleinen Roboter heraus, der aussah wie ein handelsübliches Ufo, der allerdings eine Sonderausstattung aufwies: ein statisch aufgeladenes Tuch, mit dem er der Haarflut in unserer Wohnung habhaft werden soll. Kaum hat man den Startknopf betätigt, cruist er schon selbstständig durch die Wohnung, ändert an Hindernissen clever die Richtung und setzt seine Mission beha(a)rrlich fort. Bis man ihn einfängt, wenn er gerade unter der Couch seine Runde beendet hat, und den Aus-Knopf betätigt.

Wie sich aber herausgestellt hat, ist sein Zweitnutzen auch nicht zu verachten: ein katzennapfgroßes Ding, das zackig durchs Revier pest – perfektes Freizeit-Entertainment für unsere Miezen. Nach dem anfänglichen Schock über den wundersamen neuen Revierbewohner pflegen Emily und Gobbolino nun, sich ihm in den Weg zu setzen und – so sich das unverschämte Ding tatsächlich zu nähern wagt – hektisch einen Tatzenwirbel darauf loszulassen. Der kleine Roboter nimmt es aber gelassen, erkennt die aufgebrachte Mieze als legitimes Hindernis an, umrundet sie wendig und fährt dahin, wo Mieze herkam. Mal schauen, ob die kratzbürstige Hürde nicht auf dem Weg das ein oder andere Haar gelassen hat.

53. Parlez-vous Katzais?

Untereinander kommunizieren Katzen meist ohne Worte, sozusagen mit „Tatzen und Füßen". Ein Augenaufschlag, ein Nackenhaarsträuben, ein Schwanzwedeln, ein Blinzeln, und jede Mieze weiß, was gemeint ist.

Die deutlichen Zeichen weiß auch der geübte menschliche Katzenhalter zu deuten. Die subtileren Spielarten der nonverbalen Katzmunikation entgehen ihm. Der Mensch kapiert's einfach nicht, und deshalb greifen Katzen in besonderem Maße auf Laute zurück, um ihrem Dosenöffner etwas mitzuteilen. Was unsere beiden dabei anfangs so von sich gaben, hatte ich schon einmal berichtet. Da sie in dieser Hinsicht – wahrscheinlich aus oben genanntem Grund – auch immer gesprächiger werden, kann ich die Vokabelliste stetig erweitern. Aber auch die verbale Katzmunikation erschließt sich uns wohl nur in Teilen. Und vor allem beschränken sich unsere Kenntnisse des

Kätzischen meist auf das Passive, ähnlich einem deutschen Paris-Touristen, der allenfalls „Parlez-vous allemand?" („Sprechen Sie Deutsch?") zustande bringt, was aber wenig bringt, da die Antwort in 99,9 Prozent der Fälle ein entschiedenes „Non!" der stolzen Franzosen sein wird. Und damit wollen sich der beste Typ überhaupt und ich im Kätzischen nicht zufriedengeben.

Wir beginnen also, die Laute unserer beiden Kleinrudelmitglieder zu imitieren. Lustigerweise scheinen unsere Miezen eine ähnliche Strategie zu fahren: Der Dosenöffner macht einen sinnlosen Laut in einer bestimmten Situation? Das muss schließlich mit der Situation zu tun haben. Zum Beispiel: Der beste Typ überhaupt kommt mit zwei gefüllten Näpfen aus der Küche. Emmi, die sich ihm sogleich halsbrecherisch zwischen die Füße wirft, entfährt dabei ein aufgeregtes „Nihiihhi". Der beste Typ überhaupt versucht, den Laut zu imitieren, heraus kommt aber „Wehehing". Das muss „Fressen hier oben!" heißen, denkt sich Emmi und kontert mit einem entschiedenen „Neheheng". Was dann, so folgere ich aus diesem babylonischen Sprachchaos, wahrscheinlich so viel wie „Fressen hier unten! Sofort!" heißen soll. Natürlich überprüfe ich meine These sorgfältig: Mit einem entschiedenen „Neheheng" gehe ich außerhalb der Fressenszeit in Richtung Küche und siehe da: Emmi folgt aufgeregt. Wieder eine neue Vokabel entschlüsselt.

Böse Zungen, unter anderem die vom besten Typen überhaupt, behaupten, dass Emmi mittlerweile einfach immer mit zur Küche rennt, sobald sich einer in ihrem Sichtfeld in die Richtung bewegt. Das ist zu vernachlässigen. Wenn Emmi nämlich faul döst, kommt sie nicht mit. Was damit bewiesen wäre. Oder etwa nicht? Während ich es im Studieren des Miezischen also zu einer gewissen Meisterschaft gebracht habe, stolpert der beste Typ überhaupt eher unbeholfen im Katzenalphabet herum. Skurrilerweise behauptet er, es verhalte sich genau umgekehrt; also dass ich vor mich hin radebrechte, während er in geschliffenstem Hochmiezisch mit Emily und Gobbolino Konversation betreibe. Lächerlich! Wie beide Felltiger mir erst gestern maunzend übereinstimmend versicherten, verstehen sie schon wegen seines breiten deutschen Akzents kein Wort von dem, was der beste Typ überhaupt ihnen erzählen will ...

54. Copy-Cat

Von Gobbolinos Faible für Spülmaschine, Wasserfilter und Flachbildschirmfernseher berichtete ich schon. Je mehr Lärm und Bewegung das jeweilige Gerät verursacht, desto besser. Jetzt hat er etwas Neues entdeckt, das auf jeden Fall ausreichend beide Qualitäten in sich vereint: unser neues Drucker-Kopierer-Kombigerät.

Meine Fortschritte im Miezmultitasking sind der Grund dafür, dass ich dieses Interesse schamlos für meine Zwecke instrumentalisiere. Wir erinnern uns: Beim Miezmultitasking geht es darum, mein aktuelles Interesse und das der Mieze so zu jonglieren, dass beide Parteien zum Ziel kommen. Mein Interesse in diesem Fall: Um diese Kolumne zu schreiben, sitze ich, wenn nicht auf dem Bett, am heimischen Schreibtisch. Das Ziel ist auch klar: Der Text soll fertig werden. Dummerweise entscheidet Gobbolino sich öfter, dass der beste Ort für seinen Hintern gerade dann die Tastatur des Computers ist. Sein Interesse: mich aus zehn Zentimeter Entfernung mit seinen goldenen Augen anzustarren. Sein Ziel: Es soll sich vermiezt noch mal jetzt sofort jemand mit ihm befassen. Nämlich ich.

Der Grundkurs Miezmultitasking empfiehlt in solchen Fällen in Lektion 2 den „Zusatzreiz". Der ist in diesem Fall: etwas ausdrucken. Vorbereitung ist dabei alles: Neben dem Drucker wartet ein Stapel Schmierpapier, auf dem Desktop liegt ein 20-seitiges, leeres Dokument bereit. Nach dem Druckbefehl fangen die Patronen im Gerät an, hin und her zu rattern. Dann erhebt sich Gobbolino von meiner Tastatur, schleicht – unfassbar vorsichtig und unfassbar langsam – die 30 Zentimeter zum nebenstehenden Drucker hinüber und nimmt schließlich auf dem Gerät seinen Beobachtungsposten ein. Meine

Tastatur ist damit freigegeben, das Arbeitsklima exzellent, und ich tippe drauf los wie eine Wilde.

Gobbolino dagegen lässt den Papiereinzug, der die ersten Seiten im Gerät verschwinden lässt, nicht aus dem Auge. Sobald der Kater meint, den Ablauf des Vorgangs gründlich analysiert zu haben, fängt er an, nach den oben ausfahrenden Seiten zu langen. Jetzt leite ich Phase zwei des Ablenkmanövers ein: Die Ablage des Druckers, auf der die „fertigen" Seiten landen, wird nach schräg unten ausgerichtet. Das veranlasst die Blätter dazu, nach dem Ausgespucktwerden nicht darauf liegen zu bleiben, sondern mit Schwung einen Meter vom Schreibtisch zu Boden zu segeln. Ein Bewegungsablauf, zu dem auch der Kater sich jetzt wiederholt veranlasst sieht.

Mit etwas Glück verschafft einem dieses Tamtam immerhin zwei bis drei Textabsätze Zeit (Lektion 1 des Miezmultitasking-Grundkurses: Stop and Go), bis der Drucker die 20 Seiten ausgeworfen hat und ein ob der plötzlichen Reglosigkeit des Geräts immens enttäuscht gurrender Gobbolino wieder seinen Tastaturplatz ansteuert. Dann sammle ich schnell alle Seiten vom Boden auf, stopfe sie in das Papierfach zurück und klicke schnell noch mal auf „Drucken". Immerhin schont die Methode mit dem leeren Dokument die Druckerpatronen. Leider nicht die Stromrechnung. Aber was tut man nicht alles fürs Arbeitsklima. Und für die Miezen. Hach.

55. Miezen: „Unerhört!"

Polizei: Herr Gobbolino, Frau Emily, Sie haben uns gerufen. Was ist los?

Emily: Unerhörtes! Wir dachten, wir leben in einem freien Revier. Wir sind entrüstet über das, was sich vergangene Woche hierselbst zugetragen hat.

Gobbolino: Wir dachten, die beiden Dosenöffner, die hier in unserem Revier streunen, seien anständige Menschen. Wir sind maßlos enttäuscht.

Polizei: Was ist passiert?

Emily: Die haben uns gekidnappt! Ich bin entrüstet!

Gobbolino: Und dann uns wurde was in den Hintern gesteckt. Fühle mich in meiner Würde verletzt.

Polizei: Ganz langsam und von vorn: Wie kam es zu der Entführung?

Gobbolino: Dieser große Dosenöffner – er hat mich am Dienstag in eine Kiste gesteckt. Dann hat er die Kiste in eine größere Kiste gepackt und sich daneben. Und die hat dann gerattert und sich bewegt. Ich habe protestiert. Lautstark. Aber da war nichts zu machen.

Emily: Und mit mir hat er dasselbe am Donnerstag gemacht. Also Kisten sind ja eigentlich okay, aber nicht diese! Ich hasse sie!

Gobbolino: Und dann legt er noch seine komisch nackte Tatze auf mich drauf. Wissen Sie, wie lange ich brauche, um seinen Menschengeruch nachher wieder weg zu lecken?!

Polizei: Wohin wurden Sie denn entführt?

Emily: Was weiß ich denn? Die große Kiste stoppte irgendwann. Hab mich schon gewundert: Hat der echt mal den Marsch verstanden, den ich ihm zu der Aktion geblasen habe? Aber nein, dann juckelt er mit der kleinen Kiste in der Hand los. Wohlgemerkt: Da drin saß ich immer noch gegen meinen Willen fest. Und rutsche hin und her bei dem Geschaukel.

Gobbolino: Dann hat er uns in ein Revier geschleift, in dem viele andere Tiere waren, dem Geruch nach zu urteilen. Ich meine, ist der denn doof?

Polizei: Wieso?

Emily: Ja, weil das doch ganz klar ein anderes Revier war. Da geht man nicht einfach rein. Das ist unhöflich. Das weiß doch jeder.

Gobbolino: Und dann sitze ich auch noch in dieser blöden Kiste fest. Durch das Guckloch habe ich sogar einen Hund gesehen. Einen Hund, Mann! Mit Hunden würden wir uns nie abgeben. Die sind offensichtlich dumm. Die laufen freiwillig an Schnüren angebunden neben den Dosenöffnern her. Also bitte.

Polizei: Was ist dann passiert?

Emily: Es ging wieder in ein neues Revier. In dem hat's gestunken, mir wurde schlecht!

Gobbolino: Und dann hat der Dosi die Kiste aufgemacht. Klar wollte ich da raus, aber doch nicht, wenn's so stinkt. Und dann kam da dieser andere Dosenöffner. Seinen Geruch kannte ich – wenn der auftaucht, heißt das nix Gutes. Nie. Das weiß ich aus Erfahrung.

Emily: Ich hab versucht, dem klarzumachen, dass der sich gefälligst fernhalten soll. Aber ihr dämlichen Menschen versteht ja nicht, wenn man euch höflich bittet, eure Tatzen bei euch zu lassen. Naja, wer nicht hören will, muss fühlen, hab ich gedacht. Aber dann hat der so Pfotenschützer rausgeholt. Und – das ist so entwürdigend – mir was Silbernes in die Haut am Hintern gesteckt. Ey, geht's noch?

Polizei: Ach so! Sie beide wurden geimpft! Das ist doch zu Ihrem Besten!

Gobbolino: Bitte?! Also ich möchte mal sehen, wie Sie reagieren, wenn Sie so behandelt werden!

Polizei: Äh, wir Menschen lassen das freiwillig mit uns machen.

Emily: Sohn, ich hab's dir doch gesagt: Die Dosis sind beschränkt. Kann man nichts machen. Wenn ich künftig diese Kiste auch nur rieche, sind wir weg, sag ich dir. Komm, wir gehen uns putzen. Danke für gar nichts.

56. Fräulein Emmis Gespür für Schnee

Seit es bei uns kalt ist, vernachlässigen Emmi und Gobbo ihren Miezbalkon sträflich. Regen steht bei Katzen nicht höher im Kurs als bei Dosenöffnern – nasse Pfötchen sind auch nicht angenehmer als nasse Füße. Und dazu noch kalt? Bah-pfui! Doch eines Abends letzte Woche saßen die beiden Miezen mit einem Mal höchst penetrant vor der Balkontür und signalisierten starrend und maunzend in seltener Einigkeit massives Interesse: Denn ihr Balkon war in ein weißes

Gewand gehüllt. Das hatten sie noch nie gesehen. Das wollte ausgekundschaftet werden.

Ich warnte: „Das ist euch zu kalt und zu nass!", und zog die Tür zum Balkon um einen miezbreiten Spalt auf. Emmi und Gobbo wichen jäh zurück und blickten geschockt in meine Richtung – als könnte ich etwas für den eisigen Luftzug, der plötzlich um die empfindlichen Katzennäschen wehte. Doch meine schulterzuckende Unschuldsbeteuerung, nebst Verweis auf die vorangegangene Warnung, ignorierten sie. Ihre Aufmerksamkeit war absorbiert vom hereinziehenden Duft. Nicht von den bekannten Noten, Rosmarin, Thymian und den anderen der Kälte wacker trotzenden Kräutern. Sondern vom neuen Duft. Dem typischen Schneeduft. Gobbolino traute sich – mal wieder – als Erster. Mit einem Satz sprang er hinaus auf die eisige Schneedecke – und hatte es sich wohl anders vorgestellt. Denn was nun folgte, war ein recht albern aussehender Auftritt: Kaum hatten seine vier Pfoten das knirschende Weiß berührt, versuchte der kleine Kater auch schon, der ungewohnten und unangenehmen Sensation zu entkommen. Leider fiel ihm wohl nichts Besseres ein, als einen weiteren Satz in Richtung Sims zu vollführen, der ihn natürlich zwar einen Meter weiter, aber angesichts der geschlossenen Schneedecke doch wieder in dieselbe Lage brachte. Vom Regen in die Traufe quasi, bloß in gefroren. Er sprang also auf den Balkonsims vor das Katzennetz – aber auch hier: nicht weniger Schnee.

Pfötchenweise ging's weiter im Ballett des Unbehagens: Vorderpfötchen heben, empört ausschütteln, wieder absetzen, Ohren aufgrund des Rückfalls in das alte Problem irritiert nach hinten legen, genervt gurren. Hinterpfötchen heben, wie bekloppt schütteln, einen Schritt weiter im Schnee wieder absetzen, Öhrchen empört nach hinten und so weiter. Auf diese Art absolvierte der kleine Kater den gesamten Rundgang, um am Ende des Sims genervt aufzugeben und zwei Sätze später auf dem rettenden Laminat angewidert das kalte Zeug hektisch von allen Tatzen zu lecken. Emily hatte das irritierte Getänzel derweil sicher hinter der Scheibe auf der Heizung sitzend beobachtet. Nach

Gobbos Rückkehr schlich sie sich an den Türspalt und schnupperte, das Köpfchen in Richtung schneebedeckte Steinfliesen gestreckt, an der weißen Substanz. Dann streckte sie ein Vorderpfötchen, ließ es langsam in den Schnee vor der Balkontür sinken – und zog es mit einem knurrigen „Mräh" und einem ärgerlichen Blick in meine Richtung wieder zurück. Ein einzelner kleiner Tatzenabdruck blieb in der Schneedecke vor der Balkontür zurück und war für die paar Stunden, bis der Schnee schmolz, das niedlichste, bildliche „Nein, danke", das wir je gesehen haben. Fräulein Emmis Gespür für Schnee: „Och, nee!"

57. Die Pipigate-Affäre

Nicht nur die Menstruation der Frau ist, wie man aus einer viel zitierten Werbung eines Tamponherstellers weiß, eine Geschichte voller Missverständnisse. Vielleicht müsste man sogar sagen: Die menstrualen Missverständnisse erstarren in Glasklarheit gegenüber der Krisenkommunikation unserer Miezen. Denn auf Krisen reichen sie gar nicht so selten flüssige Beschwerde ein. Das Pfützchen auf dem Laminat teilt mit: Hier ist etwas nicht in Ordnung. Und das ist auch schon leider alles, was es uns mitteilt. Dann liegt es am Dosenöffner, aufwendig Recherche zu betreiben, um den Fall Pipigate zu lösen.

Lange haderten wir: Sollen wir das delikate Tabu hier öffentlich diskutieren? Eigentlich ist ein Tabu ja irgendwie … naja. Tabu. Aber die sind ja eben auch dazu da, gebrochen zu werden. Also raus damit: Unser eigentlich stubenreiner kleiner Kater verschmähte über zwei Wochen ab und zu das Katzenklo, um stattdessen direkt daneben kleine Nachrichten zu hinterlassen. Ja, es waren Nachrichten. Das wurde uns schnell klar. Und klar wurde auch, dass diese Art der Miezen, Beschwerde einzureichen, ziemlich verbreitet ist. Kaum ein Katzenhalter in unserem Bekanntenkreis, der nicht schon einmal im Feuchten tappte und im Trüben fischte, wenn Mieze plötzlich unsauber wurde. Vielleicht, hoffen wir, helfen unsere Erfahrungen auch dem ein oder anderen Leser mit ähnlichen Problemchen.

Ein Besuch beim Tierarzt erstickte unsere Hoffnung auf schnelle medikamentöse Lösung im Keim: Körperlich war der kleine Miezerich bestens in Schuss – die Ursache war also psychologisch. Und die Psychologie der Katze ist, vor allem für uns Menschen, nicht nur wiederum eine Geschichte voller Missverständnisse, sondern auch eine voller Mysterien. Die Suche nach der Ursache, das erfuhren wir aus Gesprächen, Blogs und Fachliteratur, kann beschwerlich sein. Also krempelte ich fest entschlossen die Hemdsärmel hoch – und wurde von einer fiesen Grippe dahingerafft. Zwei Tage pausierte die Problemlösung. Als ich meine Umwelt wieder halbwegs wahrnehmen konnte, stellte ich mir den Laptop ans Bett und schaute jede Folge des Katzenflüsterers – ja, natürlich gibt es den auch –, die mit liquider Kommunikation von Hauskatzen zu tun hat, und filterte mögliche Ursachen für meinen Fall:

1. Rudelrangfolgeprobleme. Als die Katzen bei uns einzogen, war Emily sehr scheu und traute sich nur selten zu uns ins Wohnzimmer, woraufhin ihr vorwitziger Sohnemann dort alle guten Plätze für sich reklamierte. Mit der Zeit taute Emily auf, hielt sich immer selbstbewusster im Wohnzimmer auf und besetzte schließlich Gobbos Lieblingsplätze. Und Lieblingsplätze gibt keiner gern auf. Ließ sich vielleicht Emmis neues Selbstbewusstsein nicht mit Gobbolinos Allmachtsfantasien übereinbringen?

2. It's the Katzenklo, stupid! Die allgemeine Attraktivität des Wohnzimmers beförderte die allgemeine Attraktivität des dortigen Katzenklos. Die beiden anderen Katzenklos in Flur und Arbeitszimmer wurden vernachlässigt, jenes im Wohnzimmer hingegen sehr rege frequentiert – und war regelmäßig entsprechend voll. Zu voll für den Miezenprinz?

3. Angststörung. Es fiel auf, dass Gobbo nicht mehr oft auf den Balkon wollte. Und die immer gleiche Ortswahl für die feuchten Nachrichten – vor dem Balkon, als Reviermarkierung. Hatte sich Gobbolino auf dem Balkon vor etwas erschreckt – einem lauten Knall aus Nachbars

Moped etwa oder einen vom Wind über den Balkon gepeitschten Gegenstand? Beides, so lasen wir, könnte der Kater derart mit dem Balkon in Verbindung bringen, dass er nun an immer derselben Stelle eine flüssige Warnung an den Urheber des Schreckens absetzte, die heißen sollte: Wer oder was immer du bist, bleib draußen!

58. Ermittlungen im Fall Pipigate

Nun, ich muss Sie an dieser Stelle enttäuschen: Wir wissen nicht, was es genau war. Wären wir eine Vermutung nach der anderen durchgegangen, hätten wir es festgestellt. Aber – und ich glaube, dafür haben Sie Verständnis – wir wollten den Fall Pipigate um des Katers und unserer selbst willen schnell lösen.

Um herauszufinden, was den kleinen Kater also zu seinem feucht-unfröhlichen Verhalten motivierte und sein Problem zu lösen, schmiedeten wir also einen zielgerichteten Schlachtplan: Alles parallel angehen.

1. Wir pushten Gobbos Selbstbewusstsein, auch wenn wir uns insgeheim darüber freuten, dass Emmi offensichtlich beschlossen hatte, nach Gleichberechtigung zu streben. Wir wollten sie nicht bremsen, doch wir führten kleine katerpsychologische Eingriffe durch: Gobbolino wurde nun immer als Erster begrüßt und gefüttert. Auch achteten wir darauf, wenn wir morgens um vier Uhr Gobbo mal wieder aufgrund von akuter Remmidemmitis aus dem Schlafzimmer warfen, dass Emmi – ihres Zeichens ein Ausbund an nächtlicher Bravheit – mit hinausging.

2. Das Katzenklo wurde verrückt: auf die bevorzugte Pfützchenstelle vor der Balkontür. Ein zweites stellten wir direkt daneben. Warum auch nicht, auf Raststätten pflegen wir Menschen ja auch nicht gleich in die erste Kabine zu gehen, ohne nicht zumindest den Zustand einer zweiten geprüft zu haben. Eine solche Auswahl zu haben, macht zufriedener, selbst wenn beide Aborte nicht spontanen Jubel erzeugen.

Warum sollte das bei Gobbo nicht auch so sein? Außerdem erhöhten wir die Säuberungsschlagzahl: Statt zwei schwangen wir das Schüppchen jetzt dreimal täglich. Zu guter Letzt lobten wir den Kater überschwänglich für jeden Klogang. Maßgabe dabei: Gut gelobt ist, wenn sicher ist, dass Dritte ob unserer Begeisterungsstürme für Katerchens Verdauungsleistung den Kopf schütteln und uns den Vogel zeigen würden.

3. Wir versöhnten Gobbolino mit dem Balkon, indem wir dort mit ihm spielten und – natürlich – auch nicht zu knapp Snacks draußen versteckten. Das Resultat: Der ehemals feucht-unfröhliche Kater ist trocken und zufrieden. Der Fall Pipigate ist damit zwar nicht bis ins Detail detektivisch aufgeklärt, wohl aber praktisch gelöst. Und so rum ist es allemal besser als anders herum, finden Sie nicht?

59. Der Umfall-Bericht

Das Interessante am Leben mit Katzen ist ja, dass es bereits unzählige Menschen seit Jahrhunderten praktizieren. Aber niemand hat bislang Erklärungen für eine Reihe Verhaltensweisen unserer Stubentiger gefunden. Zum Beispiel dafür, dass unsere Miezen manchmal plötzlich umfallen. „Umfallen" hat in unserem menschlichen Verständnishorizont ja meist eine negative Bedeutung. Wer eine Überzeugung hat und dann doch gegen diese handelt, der fällt um. Menschen fallen um vor Müdigkeit. Wer an einer mysteriösen Schlafkrankheit leidet, das Bewusstsein verliert oder einen Schwächeanfall hat, der fällt auch um. Verliert eine Kriegspartei auf dem Schlachtfeld, fallen Soldaten um wie die Fliegen. Wer zu viel Alkohol getrunken hat, fällt mangels Koordination um. Aber nichts davon kann dafür verantwortlich sein, dass Katzen manchmal einfach umfallen. Doch wer umfällt, der bekommt Aufmerksamkeit. Ob das etwas mit der kätzischen Umfalleritis zu tun hat?

Kommt man also zur Tür herein, trabt Gobbolino an, reibt sein Köpfchen an einem unserer Hosenbeine – und fällt dann um. Da liegt der Kater dann, den Kopf auf dem beschuhten Fuß, die gelben Augen nicht auf uns, sondern in die Ferne gerichtet. Bewegungslos. Scheinbar leblos. Er sieht dann etwas melancholisch aus, fast depressiv. „Ich mag nicht mehr", sagt seine Haltung aus. Der allerärmste Kater der Welt liegt zu unseren Füßen. Und wird natürlich geherzt und gestreichelt, weil er einem dann so leid tut. Manchmal fällt Gobbolino aber auch um, wenn man ihn anspricht. Zum Beispiel, wenn er während des Fernsehabends Dinge von Tischen schubst, um unsere Aufmerksamkeit auf ihn zu lenken. Dreht man dann den Kopf in Richtung Esstisch, um einen Kompromiss vorzuschlagen: „Gobbolino, komm doch zu uns auf die Couch, kuscheln oder fang-die-Katzenangel-unter-der-Decke-spielen", ist die Reaktion des Katers, von dem Angebot offenbar überaus enttäuscht umzufallen. In uns löst das die drängende Schlussfolgerung aus: Der armen Kreatur muss man doch helfen, wir müssen sie wieder glücklich machen, um jeden Preis. Sie muss gehegt und gepflegt, gefüttert und beschmust, bespielt und gehätschelt werden. Die Zufriedenheit des schnurrenden Mitbewohners wird zum Lebensmittelpunkt. Ob das Gobbolino wohl bewusst ist? Was für eine perfide Unterstellung!

Spielt man mit Gobbolino, kommt es vor, dass er, wenn das Objekt des Spiels nahe an ihm vorbeizieht und er es mit den Tatzen nicht erwischt, kurz frustriert den Kopf hin- und herschwenkt und dann über die eigene Achse rollend umfällt. Ein Schwächeanfall? Eine Einladung zum Streicheln? Beides unwahrscheinlich. Denn beugt man sich zu dem umgefallenen Tier hinunter, um die Lebenszeichen zu überprüfen oder ihm liebevoll über die Frustration des wenig erfolgreichen Fangunternehmens hinwegzuhelfen, springt es urplötzlich wieder auf und fetzt über den Flur davon. Vielleicht muss man dem Tier auch eher einen eigentümlich Humor unterstellen: „Du dachtest, ich sei einfach grundlos in Ohnmacht umgefallen, aber: Ätsch, ich hab dich veräppelt". Naja, niedlich ist das schon, und es zaubert ein kopfschüttelndes Grinsen ins Dosenöffner-Gesicht – da lassen wir uns doch gern veräppeln.

60. Katzen an die Macht

Wenn wir Menschen uns ein bisschen mehr wie Katzen aufführten, wäre die Welt ein Stückchen besser. Und unterhaltsamer.

Zuerst einmal spricht dafür mal die Tatsache, dass wir bis zu 20 Stunden am Tag schlafen würden. Wer schläft, zankt nicht. Wer schläft, ist einfach friedlich. Außerdem ließen wir uns nicht provozieren. Auf der Arbeit steht der Kollege in der Tür und nervt? Wir würden ihm den Rücken zudrehen, die Ärmel hochkrempeln und demonstrativ und konzentriert beginnen, uns gründlich den Unterarm zu lecken, bis er aufgibt und wieder weggeht. So einfach wäre das. Ganz nebenbei hätten wir durch das ganze Geputze eine ganze Ecke weniger miefige Leute im Büro. Und würde der auf Krawall gebürstete Kollege wider Erwarten doch nicht lockerlassen, würden wir den Konflikt eben auf Katzenart austragen, und zwar unter Eskalation auf Stufe eins: dem Niederstarren. Man stelle sich vor: Da säßen sich Angela Merkel und Horst Seehofer gegenüber. Der große Mann aus Bayern hat gerade mal wieder gefordert, alles ganz anders zu machen, nämlich so, wie er sich das halt vorstellt. Anstatt alle Energie auf Koalitionskrach und anschließende Formelkompromisse zu verwenden, würde Angela einfach die Ohren anlegen und Horst auf Regionalkatergröße zurechtstarren. Na, duckst du ideologischer Streuner dich immer noch nicht weg? Muss ich erst meine Haare plustern und tief aus dem Bauch knurren? Na also. Und jetzt schleich dich!

Außerdem hätten wir wesentlich bessere Laune. Schließlich müssten wir nicht erst im Internet nach Katzenvideos suchen, um mal zwischendurch herzlich zu lachen. Ein Gang durchs Büro würde ausreichen. Während wir dort die Sekretärin dabei beobachten könnten, wie sie beständig gegen die Fensterscheibe springend einer Fliege hinterherjagt, wäre der Kollege aus der Warenannahme nach dem Auspacken vollauf damit beschäftigt, abwechselnd in und wieder aus den leeren Kartons herauszuspringen. Und statt sich um das diesjährige Budget für kostspielige Maßnahmen zu streiten, würden sich Vertriebs- und Marketingkollege in einen flauschigen Ball verknäuelt über den Gang kugeln, während der Chef das ganze mäßig interessiert von seinem Lieblingsplatz auf der Oberseite des Ordnerschranks aus beobachtet. Zugegeben, die Produktivität könnte etwas geringer ausfallen. Aber in dieser Welt bräuchte man ja auch nicht viel im Leben: Futter ist billig, teure Statussymbole unnötig.

Und dann die positiven Auswirkungen des mäßigen Kurzzeitgedächtnisses. Keiner wäre mehr nachtragend. Auseinandersetzungen um Futter oder Revierstreitigkeiten wären schnell abgehakt. Wie sollte es da zu Kriegen kommen? Ich schließe also mit dem Hit „Katzen an die Macht" des leider noch unbekannten Maunzbert Grönemiezer: „Gebt den Katzen das Kommando / sie berechnen nicht was sie tun / die Welt gehört in Katzenpfoten / der Trübsinn ist verboten / wir werden in Grund und Boden geschnurrt / Katzen an die Macht!"

61. Der Schmuseruf

Ein neues Ritual hielt Einzug zwischen Gobbolino und mir. Das hat mit meinen kätzischen Sprachkünsten zu tun. Und mit seiner Präferenz für die Streicheltechnik vom besten Typen überhaupt. Aber ich erzähle von vorn.

Gobbolino mag es nicht besonders, angefasst zu werden. Vor allem von mir. Meine Beziehung zu Emily ist indessen ins Stadium gemeinsamer Schmuseorgien am Abend vorangeschritten. Dazu holt sie mich abends jede Stunde ein- bis zweimal ab. Sie steht dann vor mir, sagt „Remeng" oder „Meng" und lässt das senkrecht hochstehende Schwänzchen zittern. Dann dreht sie ab ins Schlafzimmer. Ich muss folgen. Dort springt sie aufs Bett – jetzt darf Madame gut durchgekrault werden. Bis der beste Typ überhaupt in der Küche die Teller geräuschvoll räumt oder im Wohnzimmer mit der Zeitung raschelt.

Dann denkt Emmi, dass es vielleicht einen Snack gibt und ist schneller weg, als ich gucken kann. Dass sie mich dabei belämmert und ein wenig gekränkt zurücklässt, ist ihr offensichtlich nicht klar. Warum sollte sie das auch scheren. Sobald sie – eine Stunde später – wieder Lust aufs Kraulen hat, kommt die einfältige Dosi ja wieder brav hinterhergedackelt.

Aber halt, eigentlich wollte ich ja von Gobbo erzählen, der meiner Streicheltechnik im Gegensatz zu Emmi ja so gar nichts abgewinnen kann. Spätestens beim zweiten Streich beginnt sein Schwanz zu peitschen. Beim dritten steht er auf und legt sich woanders hin. Er steht eher auf die Technik vom besten Typen überhaupt. Der patscht seine große Hand einfach auf Gobbos Kopf und rubbelt ihm im Gesicht rum – und der Kater liebt es. Bei Emmi fängt sich der beste Typ überhaupt mit dieser Herangehensweise regelmäßig eine ein. Das tröstet mich ein wenig darüber hinweg, dass Gobbolino meine Streicheleinheiten derart ablehnt. Dafür kommunizieren Gobbo und ich mittlerweile sehr gut verbal miteinander. Was mir dann doch die ein oder andere Schmuserunde mit Gobbo einbringt – mithilfe des besagten neuen Rituals. Und das geht so:

Sobald wir ins Bett gehen, kopiere ich ein ganz bestimmtes Maunzen des Katers. Meist lässt er es verlauten, wenn er vor einer Türe steht. Dieses Maunzen, dachte ich anfangs, muss entweder „Ich will hier raus" oder „Ich will hier rein" heißen. Dass wir uns aber meistens auf der anderen Seite der Tür befinden, wenn er so maunzt, war jedoch der entscheidende Hinweis. Ich kombinierte: Das Maunzen heißt: „Kommt her, sonst bin ich alleine." Also probierte ich den Laut einmal aus, als wir schlafen wollten, der Kater aber mit seiner Lieblingspapiertüte im Wohnzimmer einen geräuschvollen Tango tanzte. Und siehe da, Gobbolino folgte dem Ruf nicht nur sofort, sondern fing auch noch an, zwischen uns im Bett zu schnurren. Ein schönes Gute-Nacht-Ritual. Nach einer Weile geht er wieder, knackt ein bisschen Trockenfutter und kommt dann zurück. Nach zwei, drei Durchgängen hat er genug und legt sich in seine Hängematte. Seit

Kurzem versucht sich auch der beste Typ überhaupt an dieser „Katzmunikation". Er ist komplett unbegabt. Das sieht er aber nicht ein. Deshalb ließ ich ihn kürzlich alleine maunzen. Minutenlang. Kein Kater ließ sich blicken. Aus Mitleid half ich schließlich mit einem meiner Maunzer aus – schwupp, der Kater war da. Einsicht? Fehlanzeige. Sein Kommentar: „Ich habe das ja auch gut vorbereitet!"

62. Die Miezgrantin

Das Thema „Flüchtlinge" wurde in den letzten Jahren in den Medien rauf und runter verhandelt. Die launigen Erlebnisse mit Gobbo und Emmi sind natürlich nicht der Platz, um ein solch ernsthaftes Thema zu bearbeiten. Dennoch will ich Ihnen gern von unserem persönlichen Flüchtlingsproblem erzählen. Dieses ist zugestandenermaßen vergleichsweise harmlos, schon was die Zahl der Flüchtigen angeht: Es handelt sich um eine einzige Miezgrantin namens Emily. Sie flieht auch nicht vor Gefahren für Leib und Leben, sondern bloß vor Gobbolino. Sie ersehnt nicht Freiheit von Unterdrückung, sondern lediglich die Ruhe vor ihrem frechen Sohnemann. Sie sucht kein besseres Leben, sondern nicht mehr – aber auch nicht weniger – als ein bisschen Privatsphäre.

So ein herzzerreißend süßer Fratz unser Gobbolino auch ist, er kann schon ganz schön nerven. Den besten Typen überhaupt und mich vor allen Dingen durch das absichtliche Herunterschubsen von Gegenständen – wie Sie ja schon wissen. Wenn wir uns dann trotzdem nicht seiner Anliegen annehmen, geht er manchmal brav in seinen Katzenkorb und schaut aus dem Fenster. So in etwa 7 Prozent der Fälle. Naja. Vielleicht auch in 7,1 Prozent der Fälle. Oftmals jedoch – in über 90 Prozent der Fälle also – geht er dann seiner Mama auf die Nerven. Gobbo will raufen, Emmi will Ruhe. Ein klassischer Zielkonflikt. Klassisches Mobbing kann man es hingegen nicht nennen, denn Gobbolino ist seiner Mama körperlich immer noch klar unterlegen. Es ist also zumindest netto gesehen fast immer er, der dann auch die Haue kassiert. Trotzdem ebbt sein Interesse an dem Kräftemessen nicht ab, und er reicht jedes Mal wieder stur seine Bewerbung für die nächste Tracht Prügel ein. Die Rollenverteilung ist paradoxerweise zur Zufriedenheit des Einsteckenden – Gobbo – und zur Unzufriedenheit der Austeilenden – Emmi.

Letztere entzieht sich der Prozedur dann gern durch Flucht. Emmis Fluchtbewegungen führen sie an einen Ort, den der kleinere Kater nicht zu erreichen vermag: auf den über zweieinhalb Meter hohen Kleiderschrank im Schlafzimmer.

Wie Emmi auf den riesig hohen Schlafzimmerschrank kommt, ist Gobbolino bis heute ein Rätsel. Manchmal kann man beobachten, wie er Emmis Fluchtroute abläuft. Von der Kommode auf das obere der beiden frei schwebenden Regalbretter. Bis dahin ist für ihn ja alles nachvollziehbar, geistig wie körperlich. Aber wenn er vorn auf dem Regalbrett steht, verlässt den Kater der Mut wie einen Zehnjährigen auf dem Zwölfmetersprungturm. Er schaut nach unten: Oh Gott, das sind ja gut und gern … 100 Meter! Anders als beim Zehnjährigen liegt das Ziel freilich nicht unten, sondern über einen halben Meter höher, und dazu noch mehr als eine ganze Türbreite entfernt. Wie soll der Sprung zu schaffen sein?!

Er guckt hoch, er guckt runter, er gurrt, er guckt wieder hoch, er setzt an zum Sprung, er guckt noch mal runter, er traut sich nicht, er stiefelt meckernd von dannen. Was ist Emmis Geheimnis? Ist es tatsächlich das bisschen mehr Sprungkraft, das ihr zum Erfolg verhilft, wo Gobbo scheitert? Nein, die Alte hat einen Trick: Im Fliegen stößt sie sich noch einmal am Türrahmen ab. Nur so erreicht sie das rettende Plateau in luftiger Höhe. Dann fläzt sie auf einem dort gelagerten Kleidersack und guckt recht überheblich auf ihren sehnsüchtig gurrenden Sohn hinunter. Und beginnt, sich in aller Ruhe ausgiebig zu putzen.

63. Die 3-Katzen-Oper

Vorgeschichte: Eine gute Freundin wohnt gleich nebenan. Und hat jetzt auch einen Kater (Smokey). Schöner Nebeneffekt: Katzensitter in nächster Nähe. Noch besser wäre, wenn alle drei Katzen die Abwesenheit ihrer Menschen an einem Ort zusammen feiern könnten. Würden sie sich verstehen? Einen Versuch war es wert. Was folgte, war ein Drama.

Prolog: Im großen Wohnzimmer einer Dreizimmerwohnung behocken zwei Dosenöffner die überdimensionierte Sitzlandschaft. Daneben: Zwei Kratzbäume, braun und grau. Etwas abseits: Ein Katzenklo. Die Türe zu einem weiteren Zimmer: geschlossen. Auf der Fensterbank liegt Kater Gobbolino zufrieden in seinem Korb. Katze Emily ist nirgends zu sehen. Es klingelt an der Tür. Dosi eins und zwei betätigen den Türöffner. Schritte im Flur. Auftritt Dosi drei mit einem Katzenkorb in der Hand, darin: Perserkater Smokey. Überschwängliche Begrüßung der Dosis. Katzenkorb mit Smokey wird in der Mitte des Wohnzimmers abgestellt. Gobbolino nähert sich vorsichtig.

GOBBO: Wer da?

SMOKEY: Sein oder nicht sein, das ist hier die Frage!

GOBBO: Ich stelle die Fragen hier, Freund.

SMOKEY: Freunde! Mitkatzen! Römer! Seht, euer Prinz ist hier.

GOBBO (weicht zurück): Erkläre er sich! Beim Barte des Perserkaters!

SMOKEY: Kann mir zum Vaterland die Fremde werden? (Tür des Käfigs wird geöffnet. Smokey stolziert heraus. Gobbo schnüffelt am Katzenkorb.)

GOBBO: Der Korb riecht furchtbar noch aus dem dies kroch!

SMOKEY: Ah, ein Kratzbaum (kratzt). Oh, ein Klo (begeht es). Oh, ein weiterer Kratzbaum (kratzt). Und ach, was für eine behagliche Couch (hopst darauf).

GOBBO (seufzt): Es kann der Frömmste nicht in Frieden leben, wenn es dem bösen Nachbarn nicht gefällt.

SMOKEY (entdeckt die geschlossene Türe): Geschlossene Gesellschaft? (Dose 1 öffnet die Türe).

EMMI (springt heraus, guckt sogleich erschreckt).

SMOKEY (ruft aus): Das also war des Pudels Kern! (Lüstern) Schönes Fräulein, darf ich wagen, Pfot' und Geleit Ihr anzutragen?

EMMI (faucht): Bin weder Fräulein, weder schön, und du solltest nach Hause gehen!

SMOKEY (schmachtend): Die ist es, oder keine sonst auf Erden!

EMMI: Smokey, mir graut's vor dir!

SMOKEY: Mein Pathos brächte dich gewiss zum Lachen, hätt'st du dir nicht das Lachen abgewöhnt.

EMMI (zu Gobbo): Er aber, sag's ihm, er kann mich im Ohre lecken! (Ab unter die Couch im Wohnzimmer, Smokey folgt, verliert sie aber aus den Augen).

SMOKEY: Aus den Augen, nicht aus dem Sinn! Wo seid ihr, holde Miez? (nähert sich der Couch).

COUCH (knurrt).

SMOKEY: Beim Himmel, diese Katz ist schön, so etwas hab ich nie gesehn. Sie ist so sitt- und tugendreich und etwas schnippisch doch zugleich (blinzelt unter die Couch).

COUCH (knurrt lauter).

(Gobbo nähert sich Smokey von hinten.)

GOBBO: Auch du, mein Sohn Smokey ...

SMOKEY (zu Emmi unter die Couch kriechend): Ihr eilet ja, als wenn Ihr Flügel hättet, so kann ich Euch nicht folgen, wartet doch!

COUCH (knurrt unablässlich).

SMOKEY: Horch! Sie spricht. O sprich noch einmal, holder Engel!

COUCH (knurrt und spuckt dann plötzlich einen schwarzen geölten Blitz aus, der ins angrenzende Schlafzimmer entwischt)

SMOKEY (hopst auf die Sitzfläche der Couch, um Emmi nachzublicken): So wartet doch Mylady! (Dreht sich um und flüstert): Da steh' ich nun, ich armer Tor, und bin so klug als wie zuvor.

GOBBO (vor der Couch sitzend): Mäßige er sich. Lasse er die Liebestollheit fahren!

SMOKEY (ruft aus): Niemals!

GOBBO (rückt heran, eindringlich an die Vernunft appellierend): Der Tugend folgt die Belohnung, dem Laster die Strafe!

SMOKEY (beugt sich zu Gobbo nach unten, miaut verzweifelt): Niemals lass ich ab von dieser allerschönsten Miez!

GOBBO (leidend, die Augen gen Himmel): Er ist die Katz', die stets verneint! Torheit, du regierst die Welt, und dein Sitz ist ein schönes mieziges Schnütchen!

SMOKEY (beugt sich noch weiter zu Gobbolino): Hier bin ich Katz', hier darf ich's sein! Sucht Ihr Händel, mein Herr?

GOBBO: Händel, Herr? Nein, mein Herr.

SMOKEY (drohend): Sicher?

GOBBO: Nein! (weicht zurück)

SMOKEY: Der Worte sind genug gewechselt, lasst die Tatzen sprechen! (Stürzt sich auf Gobbolino)

DOSI ZWEI: Ach du Schreck!

DOSI DREI (greift nach Smokey): Lasst ab voneinander!

DOSI EINS (schnappt sich Gobbolino, sammelt seine schwarzen Fellbüschel ein): Beenden wir dies Unterfangen.

DOSI DREI (schiebt Smokey in seinen Katzenkorb, schließt die Tür und verriegelt sie): Aus der Traum.

SMOKEY (rappelt am Riegel des Katzenkorbs, seufzt): Einen Daumen! Ein Königreich für einen Daumen!

CHOR DER DOSIS: Und der Smokey, der hat Zähne / und die trägt er im Gesicht. / Doch das Gitter hat 'nen Riegel / und den Riegel knackt er nicht.

An diesem schönen blauen Sonntag / freu'n sich zwei Miezen / die man kennt. / Und ein Kater geht nach Hause / den man Checker Smokey nennt.

Ende. Alle ab.

64. Gobbolinos Reisen

Der feine Herr Gobbolino bereist neuerdings täglich die große weite Welt. Dabei wälzt er sich im grünen Gras, erforscht Höhlen, erklimmt Gebirge und genießt die Aussicht auf viele Sehenswürdigkeiten.

Naja, eigentlich bereist der Kater nicht die große, weite Welt, sondern unerlaubt unseren Hausflur. Er wälzt er sich auch nicht im Gras, sondern nur auf der grünen Fußmatte unserer lieben Nachbarin. Danach erforscht er keine geheimnisvolle Höhle, sondern nur unseren Aufzug. Auch erklimmt er etwas, doch ist es leider kein Gebirge, sondern nur die Treppe, und die führt runter. Und seine Aussicht genießt er aus dem winzigen Treppenhausfenster, wobei die Sehenswürdigkeit in einem vom Katzenbalkon aus nicht einsehbaren Straßenabschnitt besteht. Aber hey, für ihn hat dieser tägliche Ausflug inzwischen eine große Bedeutung.

Hört Gobbolino den Aufzug rumpeln, packt er schon seine Koffer für die große Reise. Weil unsere Wohnungstür zwei Schlösser hat, die nacheinander aufzuschließen sind, hat der kleine Kosmopolit Zeit für ein leichtes Stretching an der Türklinke, um sich für seinen Kurztrip aufzuwärmen, während wir draußen mit dem Schlüssel hantieren. Gerät die Tür dann in Bewegung, steht er unten am Spalt bereit. Hindernisse in Form von Einkaufstüten oder Taschen, die wir ihm dort entgegenschieben mit dem Ziel, ihn vom Ausbüchsen abzuhalten, überwindet er mit Leichtigkeit. Mit einem Hops oder einem gekonnten Hindurchtauchen bahnt der kleine Kater sich seinen Weg in den großen, weiten Hausflur.

Dort führt sein erster Weg meist direkt auf die grüne Fußmatte unserer Nachbarin, wo er kurz steht, schnuppert und sein Schwänzchen hochreckt. Letzteres zittert vor Aufregung – bevor der Kater dann über die eigene Achse umfällt (zum Thema Umfallen siehe auch Kapitel „Der Umfall-Bericht). Jetzt wartet er wälzenderweise meist darauf, dass wir kurz zu ihm gehen und ihn begrüßen. Nach der kurzen Schmuseeinheit trabt der Kater eine Runde durch den Aufzug und dann zum Treppenabsatz. Da wartet er, bis einer von uns abgestellt hat, was immer wir in der Hand haben. Sind die Dosis endlich so weit, pflegt der feine Kater zusammen mit uns die Treppen hinunterzuhoppeln. Sein Ziel: Das winzige, bodennahe Flurfenster auf dem ersten Treppenabsatz. Dort setzt er sich auf seinen Hintern und beobachtet fasziniert die Straße. Nach einer kurzen Weile ist er wieder ansprechbar und lässt sich brav wieder den Treppenabsatz nach oben eskortieren. Da fällt ihm abermals die schöne grüne Matte auf – oh, eine Matte –, auf die er nochmals zutrabt, um kurz daran zu kratzen und abermals umzufallen. Jetzt sieht sein Reiseprogramm eine kurze Streicheleinheit mit exzessivem Schnurren vor, bei der er sich auf dem Rücken hin und her wälzt.

Danach hat der Kleine wohl genug von der großen Welt und trabt zurück in sein Revier. Uns bleiben ein paar Sekunden, um Taschen und Co. in den Wohnungsflur zu verbringen und die Tür zu schließen – bevor der feine Herr mit einem Maunzen vor seinem Lieblingsspielzeug ankündigt, dass er nun bereit für sein tägliches Sportprogramm ist. Sehr wohl, kleiner Weltenbummler.

65. Die Kostverächter I

Nach drei Jahren bei uns sollte man denken, dass sich Gobbolino und Emily in allen Belangen bei uns eingelebt haben dürften. Zumal wir uns ja durchaus Mühe geben. In vielen Bereichen – Sport, Spannung, Reviergestaltung, Kuschelgelegenheiten, Krauleinheiten und so weiter – würden die beiden uns, das glaube ich selbstbewusst, in Schulnoten irgendetwas zwischen Eins und Zwei aufs Zeugnis schreiben. Nur ein Bereich fällt ab – ich fühle mich doch sehr an meine Schulzeit erinnert, in der mir meine Mathe-Note regelmäßig mein Zeugnis verhagelte. Dieser Bereich ist die kätzische Verpflegung.

Nun haben wir lange dazu tendiert, den Miezen in Sachen Fressverhalten ebenfalls eine schlechte Zensur zu verpassen. Es wird aber auch wirklich gemäkelt bis zum Gehtnichtmehr. Eines Tages aber stand ich wieder einmal vor dem angewidert die Decke der Couch über das unsägliche Nassfutter scharrenden Gobbolino und hatte eine Einsicht: Das kann so nicht weitergehen. Ein Kompromiss musste her. Und so begannen unsere ganz persönlichen Hunger-Spiele. Aber nein, wo denken Sie hin! Natürlich haben wir die Miezen nicht hungern lassen. Aber wir mussten ihnen doch zu verstehen geben, dass es so nicht weitergeht – und wir konnten ihnen ja auch nicht einfach in Menschensprache mitteilen, dass es ums Fressen geht. Denn das verstehen sie ja nicht. Und wir konnten ihnen auch nicht einen maunzen. Denn das beherrschen wir ja allenfalls bruchstückhaft. Trotzdem gingen wir das Ganze recht blauäugig an.

„Nicht dieses widerliche Zeug", bedeuten uns unsere Miezen regelmäßig, meist durch eine schnelle Abfolge von Schnuppern, Ohren Anlegen und Angewidert-ins-Schlafzimmer-Abdrehen (Emmi) oder durch Verscharren des Futters (Gobbo). „Nun gut", sagten wir also eines Tages zu den beiden Kostverächtern, „aber nichts mit Zuckerzusatz." „In Ordnung", sagten unsere Miezen, „dafür aber bitte mit viel Soße." Also kauften wir entsprechend ein und präsentierten das neue Menü. Und was machten die beiden? Soße wurde geschlabbert, traurig verschrumpelt-angegraute Fleischquaderchen wanderten in den Mülleimer. „Ist ja klar", verstanden wir, „in dem Fraß sind ja auch nur 4 Prozent Fleisch und ansonsten nur billiges Getreide." Also kauften wir teures Bio-Futter mit hohen Fleischanteilen und präsentierten abermals das Menü. Mit Petersilie verziert. Wie in der Werbung. Die Miezen fraßen die Petersilie. Und verscharrten den teuren Rest. Dann spuckten sie die Petersilie wieder aus und knabberten unsere Zimmerpalme an.

Okay. Strategieänderung: Klar machen, um was es geht. Das Füttern war ab sofort das Erste, was wir morgens in Angriff nahmen. Noch vor dem Kaffee. Bevor wir dann das Haus verließen, räumten wir das Futter weg, statt es wie bis dato stehen zu lassen. Dasselbe machten wir abends. Erfolg: Es wurde weniger verscharrt. Misserfolg: Es wurde noch weniger gefressen. Dosis: Setzen, Sechs!

66. Die Kostverächter II

Wobei: Etwas Positives hat es ja, dass Gobbolino und Emily nicht jedes x-beliebige Katzendinner anrühren: Null Wohlstandsmiezensyndrom.

Beide sind beneidenswert schlank. Gäbe sonst so mancher Stubentiger ein gutes Übergrößenmodel ab, sind unsere beiden eher so Size Zero.

Wenn überhaupt jemand bei uns in Sachen Gewicht aufpassen muss, sind es der beste Typ überhaupt und ich. Wir sind nämlich weder Koch- noch Kostverächter. Da wünschen wir uns natürlich, dass auch Gobbolino und Emily ihr Futter genießen. Es musste sich doch etwas finden lassen, das diese beiden Mäkelmiezen gern fressen! Also starteten wir weitere wochenweise Proberunden: „Märchen-Menüs", tierversuchsfrei. Ergebnis: Gobbo kaute ausschließlich sein heiß geliebtes Trockenfutter. Bei Emmi trieb der Hunger ein paar Happen rein, Genussfaktor: übersichtlich. Nächste Runde: Naturbelassene Fleischstückchen. Gobbo schnupperte kurz: lieber Trockenfutter. Bei Emmi kam es ganz gut an. Etwa zwei Tage lang. Danach entzog sie uns unseren Miezelin-Stern wieder, rührte das Futter nicht mehr an, schloss sich jedem Küchengang an und reichte laut hörbar Beschwerde ein – „Gebt mir endlich mal was Ordentliches in den Napf, ihr unfähigen Katzenverköster."

Panisch schleppten wir Neues an: Feinste, kleinste Fischstückchen mit Soße. Ergebnis? Sagen wir es mal so: Beim Schlabbern der Soße gelang es unseren Miezen nicht, zu verhindern, dass das ein oder andere Fischstückchen ins Mäulchen geriet. Emily biss in den sauren Apfel, äh, Fisch, wohingegen Gobbolino die Stückchen zwar aufleckte, aber nur, um sie dann fein säuberlich neben den Napf auf den Boden zu spucken. Zu viel Sauerei für unseren Geschmack. Letzter Versuch: Ein spezieller Futtermittelversand mit dem Wort „Deli" im Namen – wenn das nicht funktioniert! Übers Internet bestellt, kamen kleine Döschen mit dem angeblich unwiderstehlichsten Inhalt tiefgefroren bei uns an. Aufgetaut kredenzten wir den beiden Weißfisch mit Banane, Wildragout mit Tomate und Truthahn mit Mango. Alles bio, extrem katzenbekömmlich und dermaßen „deli", dass wir die Gerichte am liebsten selbst verzehrt hätten. Wenn das Fleisch nicht roh gewesen wäre. Das Servieren morgens kurz nach dem Aufstehen kostete uns wegen dem intensiven Geruch und der Rohfleischoptik einige

Überwindung, aber was tut man nicht alles für die Miezen ... und es war alles für Katz. Alles gnadenlos durchgefallen.

Dann, die Idee: Vielleicht fällt nicht die einzelne Sorte durch, sondern der ganze Speiseplan? Wer will schon tagaus, tagein das Gleiche essen? Jetzt haben wir es raus. Montagsmenü: Morgens Kalb mit viel Soße, abends Häppchen in Aspik. Dienstags: leichtes Thunfischfrühstück, abends Hühnchen mit Tomate. Mittwochs: morgens Trockenfutter, abends Gans mit Leberwurst-Topping. Donnerstags: Morgens Kaninchen in weißer Soße, abends saftiges Rind mit Gemüsebrühe. Freitags: morgens Trockenfuttermüsli mit versteckten Snacks. Später Cocktail-Abend: Da gibt es Shrimps. Am Wochenende gibt es alles mit Käsesnacktopping. Und wenn's gut läuft, machen unsere Miezen FDH. Sie fressen die Hälfte.

67. Der Abwickler

Gobbolino könnte Insolvenzverwalter werden. Keiner wickelt Dinge so konsequent ab wie er. Und dabei fällt dem besten Typen überhaupt und mir erst mal auf, wie viel sich im Alltag doch abwickeln lässt. Bleibt uns nur die Hoffnung, dass wir es schaffen, uns so einzurichten, dass der Kater irgendwann nichts mehr zum Abwickeln vorfindet. Allerdings scheint uns das im Moment noch utopisch. Denn er findet immer etwas.

Dabei gibt es wohl einen Zusammenhang zwischen dem, was wir tun, und dem Abwicklungseifer von Gobbolino. Oder besser gesagt: Der Zusammenhang besteht zwischen seinem Abwicklungseifer und dem, was wir nicht tun. Zum Beispiel ist es eine Frage der Anwesenheit oder Nichtanwesenheit. Denn das erste Mal, als Gobbolino im Tätigkeitsbereich Abwickeln aktiv wurde, war, als wir zwei Wochen in den Urlaub fuhren. In diesem Präzedenzfall war das Objekt der Abwicklungstätigkeit des Katers eine Küchenrolle. Die lag bei uns immer an einer bestimmten Stelle im Wohnzimmer, damit sie schnell zur Hand ist, falls mal etwas umkippt und Boden, Tisch und Co gewischt werden müssen. Leider lag diese Stelle im Einzugsgebiet des Katers. Nachdem er sich also diese Rolle wiederholt vorgenommen und von einer schön sortiert aufgewickelten Rolle in einen Haufen Papier verwandelt hat, steht sie nun zwischen den schönen Weinkelchen in der Glasvitrine. Das ist nicht schön. Aber sicher.

„Wenn ich mal groß bin, werde ich professioneller Abwickler."

Dieser Gelegenheit beraubt, seinen Abwicklungseifer auszuleben, suchte der Kater sich daraufhin ein neues abwicklungsbedürftiges Objekt: Die Klopapierrolle im Gästeklo. Und dabei kann man Gobbolino im Prinzip dafür, dass er nach einem beherzten Sprung an die Türklinke durch den Türspalt auf die Klorolle losgeht, ja auch keinen Vorwurf machen, denn zum Abwickeln ist sie ja auch da. Wobei eine komplett abgewickelte Klorolle, deren Bahnen sich tragisch ungenutzt auf dem Boden vor der Klosettschüssel ausbreiten, ja schon fast etwas von Kunst hat, die den Zeigefinger erhebt, um unsere verschwenderische Lebensweise anzumahnen. Danke, kleiner Kater, aber auch deine Kunst soll nicht verschwenden – und so schraubten wir die Türklinke am Gästelokus in bewährter Manier in die Senkrechte.

Doch Gobbolino wäre nicht er selbst, wenn er sich dadurch stoppen ließe. Und so lauert der kleine Mann seitdem stets morgens im Schlafzimmer und wartet auf seine Chance. Die bietet sich ihm, wenn der beste Typ oder ich morgens vergessen, den Kleiderschrank vor einer kurzen Exkursion ins Badezimmer wieder zu schließen. Denn Gobbos liebster Ort ist das T-Shirt-Fach. Das ist das dritte von oben, und es ist voll mit säuberlich gefalteten Oberbekleidungsstapeln. Und bevor also der Sprung zum Fach gelingen kann, müssen auch diese Stapel abgewickelt werden. So springt der kleine Kater frohgemut und wiederholt nach oben, um die Shirts vom vordersten Stapel so lange eins nach dem anderen abzutragen, bis eine Schneise geschlagen ist, durch die der Rabauke bis hinter die weiteren Shirt-Stapel gelangen kann – wo er dann zufrieden mit seinem Tagwerk eindöst und sich auch nicht davon stören lässt, dass die Dosenöffner schimpfend vor dem Regal stehen.

68. Klicken die eigentlich ganz richtig?

Wohnungskatzen wollen beschäftigt werden. Körperlich und geistig. Zur körperlichen Ertüchtigung jagen wir Emily und Gobbolino regelmäßig mit der Katzenangel durch die Wohnung. Zur geistigen Beschäftigung greifen viele Wohnungskatzenhalter auf Klickertraining zurück. Dabei können willige Miezen allerhand Tricks lernen – wie wir der Fachliteratur entnehmen. Ob Emmi und Gobbo wohl willig sind?

Auf YouTube sehen wir uns an, wie es geht: Beim Klickertraining arbeitet der Dosenöffner mit dem sogenannten Klicker. Zuerst trainiert man mit den Miezen so lange, bis sie verstehen, dass ein Drücken auf den Knopf des Klickers und das damit ausgelöste Geräusch bedeutet, dass es ein Leckerli gibt. In einem zweiten Schritt trainiert man die Mieze, mit der Nase einen kleinen Ball am Ende des sogenannten Targetstabs zu berühren. Sobald das Näschen den Ball berührt, ertönt der Klick und es gibt ein Leckerli. Im dritten Schritt leitet man Mieze mit dem Targetstab oder Handzeichen dazu an, verschiedene

Kunststückchen zu machen. Zum Beispiel vom einen auf den anderen Stuhl zu hopsen, auf eine Decke zu gehen oder zwischen den Beinen des Dosis eine Acht zu laufen. Nach dem Kunststück macht es dann Klick und Mieze im Video knuspert ihr verdientes Leckerchen. Beeindruckend. Das wollen wir auch, dachten wir, und machten uns höchst motiviert an die Vorbereitung.

Bevor Schritt eins des Trainings beginnen konnte, mussten der beste Typ und ich erst mal das Timing beim Klickern üben. Das ist nämlich, so entnahmen wir aus der Fachliteratur, extrem wichtig, damit die Miezen uns verstehen. Der Klick muss innerhalb höchstens einer Sekunde erfolgen, nachdem Mieze etwas Erwünschtes tut. Danach muss direkt das Leckerli her, fast zeitgleich. Die Timingübung machen jedoch wir Dosis erst mal selbst. Der eine denkt sich eine Aktion aus, zum Beispiel: Betätige die Türklinke der Gästetoilette. Danach bewegt sich der andere durch den Raum und immer, wenn er etwas tut, das zu dem ausgedachten Ziel führt, ertönt ein bestätigendes Klicken vom anderen. Während also bei den ersten beiden Versuchen wahlweise der beste Typ überhaupt oder ich dem jeweils anderen nach über 20 Klicks verzweifelte Blicke zuwarf, klappte es nach drei Durchgängen schon wesentlich besser – nach fünf Klicks drückte der beste Typ überhaupt Freude jauchzend die Türklinke der Gästetoilette hinunter. Wir waren bereit, Gobbo und Emmi mit Schritt eins des Klickertrainings zu konfrontieren.

Ich setzte mich also mit dem Klicker und Leckerlis bewaffnet auf den Boden und rief die beiden. Neugierig kamen sie an. Die Theorie: Sobald ich klicke, fliegt ein Leckerli, auf das die beiden sich stürzen. Die Praxis: Sobald ich klicke, erschrecken die beiden zu Tode und rennen davon. Das Leckerli fliegt und bleibt unangetastet liegen. Nun gut, das Klicken ist ja auch ziemlich laut. Also gingen wir dazu über, mit der Zunge zu schnalzen statt zu klicken. Nach einer Weile hatten wir es geschafft. Zunge schnalzen bedeutet für Gobbo und Emily nun: Es gibt ein Leckerli. Wann immer wir schnalzen, kommen die beiden angelaufen. Schritt zwei steht nun an: Das Miezennäschen muss an den Targetstab.

69. Die klicken doch nicht ganz richtig!

Okay. Emily und Gobbo erkennen nun unser Zungenschnalzen als Zeichen dafür, dass sich das Kommen lohnt, weil es Leckerlis gibt. Den eigentlich hierzu gedachten Klicker mussten wir verbannen – er war einfach zu laut. Die beiden erschreckten sich. Aber so geht es ja auch, denken wir, und ich schreite zu Schritt zwei auf dem Weg zu den grazilen Kunststücken, die meine beiden Normalo-Miezen bald vom grauen (oder sonstwie geschockten) Rest der Katzenwelt abheben sollte: Der Übung mit dem Targetstab.

Die Theorie: In Schritt eins lernten die Miezen den Zusammenhang zwischen Geräusch und Belohnung. Nun sollen sie den Zusammenhang zwischen einer Übung und der Belohnung lernen. Im YouTube-Video einer selbst ernannten Katzenflüsterin wird mir vorgeführt, wie es geht. Die blondgelockt-euphorische Dame zückt einen lila Targetstab mit einer murmelgroßen Kugel am Ende. Ihre Katze, ebenso blondgelockt-euphorisch, hockt erwartungsvoll in formvollendetem Sitz vor ihr. Die Dame hält das Ende des Targetstabs vor das Gesicht von Mieze Goldlöckchen. Diese zögert keine Sekunde. Sie weiß genau, was zu tun ist, schießt vor und stupst ihr Näschen an die kleine Murmel – klick – und schon schiebt Frauchen ihr ein Leckerchen zu. Dann hält sie den Targetstab leicht rechts knapp über den Boden und Mieze Goldlöckchen taucht blitzschnell ab und stupst das Näschen bodennah gegen die lila Murmel – klick – und schon fliegt das Leckerchen. Dann hält Frauchen den Stab über die Sitzfläche eines Stuhls und Mieze hopst, stupst und kaut – klick – zufrieden am nächsten Stück Katzenwurst. Ich schiele zufrieden über den Bildschirm meines Laptops zu Emmi (schaut aus dem Fenster) und Gobbolino (liegt alle Viere von sich streckend in seiner Hängematte). Sieht ja so schwer nicht aus.

War es in der Praxis aber leider doch: Ich holte den frisch gekauften Targetstab hervor, setzte mich zwischen Gobbo und Emmi und rief: „Gobbo! Emmi!" Gobbo macht einen kleinen Sit-up in seiner Hängematte und blickt mich durch seine Hinterbeinchen hindurch an. Ich animiere ihn verbal, zu mir zu kommen. Doch er sinkt ermattet wieder in seine Ausgangsstellung zurück. Emmi reagiert gar nicht. Ähm. Ja, richtig. Leckerchen und Schnalzen, genau. Ich krame das Tütchen mit den Snacks raus und schwupp: Beide Miezen hängen an mir dran und teilweise auf mir drauf. So weit, so gut. Ich setze mich wieder auf den Boden. Erwartungsvoll blicken die beiden – auf meine Leckerchen-Hand. Nicht auf die Murmel des Targetstabs. Deshalb verstecke ich die schaustehlende Hand hinter meinem Rücken und wedele mit dem Targetstab in der anderen. Leider sehen das weder Emmi noch Gobbolino. Denn beide sind der vermeintlichen Leckerli-Hand hinterhergelaufen und sitzen jetzt dummerweise hinter mir. Ich drehe mich also im Sitzen um meine eigene Achse und blicke in vier erschrocken-verwirrte Katzenaugen. Dann schiebe ich den Targetstab wieder in das Gesichtsfeld der Miezen. Emmi beschließt daraufhin, dass sie das nicht weiter interessiert und trollt sich. Bleibt noch Gobbolino ... Wird er sich wenigstens ein bisschen für mein Vorhaben interessieren?

70. Der Krisen-Stab

Okay. Emily hat also beschlossen, dass sie am Klickertraining – zumindest in der von uns angedachten Variante mit dem Targetstab – nicht teilnehmen möchte. Deshalb kehrte sie mir bei meinen ersten Versuchen den Rücken, erklärte mürrisch den Targetstab zum Krisen-Stab und trippelte davon.

Zurück blieben Gobbolino und ich, im Wohnzimmer auf dem Boden, uns gegenüber sitzend, beide etwas ratlos. Gobbolino wohl, weil er nicht verstand, was diese Dosenöffnerin denn nun von ihm wollte und warum es denn nicht einfach ein Leckerli gab – wie sonst auch. Ich, weil ich mir nicht sicher war, ob der Kater nicht auch gleich die Segel streichen würde. Deshalb startete ich schnell den nächsten Versuch und hielt den Targetstab vor sein Gesicht, in der Hoffnung, er würde ihn – vielleicht auch nur zufällig – mit dem Näschen erkunden, damit er den Zusammenhang überhaupt lernen kann: Nase an den Stab ist gleich Leckerchen. Doch der kleine, spielfreudige Kater interpretierte meinen Vorstoß leider völlig falsch und versetzte dem aufdringlichen Stab einen ordentlichen Tatzenhieb. Nein, kleiner Mann, wir versuchen das noch mal. Diesmal werde ich deutlicher und halte das Ende des Stabs über sein kleines Schnäuzchen. Gobbolino müsste sich nur ein bisschen nach oben strecken, und schon wäre ebendieses süße Schnäuzchen an dem von mir angedachten Zielpunkt. Aber nein, der Kleine hangelt sich stattdessen mit den Tatzen hoch, zu meinem Leidwesen in einem Zwischenschritt mit ausgefahrenen Krallen an meinem Knie, nur um blitzschnell dem „neuen Spielzeug" wieder eine kräftige Linke zu verpassen. Leider wiederholte sich dieses Muster mehrfach, sodass ich entnervt aufgab.

Na gut. Nachdem schon der Klicker ausgemustert wurde, verlor nun auch der Targetstab seinen ursprünglichen Job. Wir haben es aber dennoch geschafft, die erste Hürde zu erklimmen: Statt zu klicken, wird mit der Zunge geschnalzt. Und statt des Targetstabs, der übrigens immer noch ein sehr beliebtes Spielzeug ist, kommt nun der Zeigefinger zum Einsatz. Ich gebe zu, wir haben auch ein bisschen geschummelt. Der besagte Zeigefinger wurde bei den ersten Versuchen einfach mit Leberwurst eingeschmiert. Doch nach ein paar Übungen haben wir es jetzt raus und lassen die Leberwurst weg. Das Gobbo'sche Miezenschnäuzchen geht trotzdem zuverlässig zur Fingerspitze, und sofort bei Berührung gibt es das Leckerli. Gobbolino und ich sind inzwischen so weit fortgeschritten, dass er meinem Zeigefinger auch über weite Strecken folgt. So domptiere ich den kleinen Mann vom Esszimmerstuhl über Couchlehne und Kratzbaum, Flur und Gästezimmer auf den Balkon.

Bleibt noch unsere eigenwillige Emily. Auch hier gab es einen neuen Anlauf. Doch auch hier wurde der Targetstab ausgemustert. Wann immer ich ihn ihr nähere, zieht sie eine wenig verständnisvolle Grimasse und sucht das Weite. Strecke ich ihr den Finger entgegen, mit Leberwurst bedeckt oder nicht, legt sie die Ohren an, wirft mir ein geringschätzendes „Prrt" an den Kopf und verlässt das Zimmer. Das Spiel ist vielleicht einfach unter Emilys Würde. Für Katzen scheint eben auch zu gelten: Jeder Jeck ist anders.

71. Heiße Miezen unterm heißen Blechdach

Aber wo denken Sie hin? Das hier sind Katzengeschichten – hier geht es natürlich nicht um ob der ersten sommerlichen Temperaturen kürzer werdende Bekleidungsstücke junger Damen. Ich bitte Sie. Es geht im wahrsten Sinne des Wortes um heiße Miezen. Das werden sie nämlich, wenn es wieder Sommer wird. Denn sie nennen eine Dachgeschosswohnung ihr Revier. Und da geht es im Sommer leider in der Tat ziemlich heiß her. Dass auch die Miezen heiß werden, haben wir schon vergangenes Jahr bemerken müssen. Und uns redlich um Abkühlung bemüht.

Denn eines heißen Sommerabends fand ich meine beiden Süßen leicht hechelnd vor. Grundsätzlich mögen sie es zwar wirklich für Dosenöffnerverhältnisse unerträglich heiß. Wenn der beste Typ überhaupt und ich im Stundentakt abwechselnd kalt duschen gehen, fühlen sich die beiden noch pudelwohl. Wenn wir kalt tropfend aus der Dusche steigen, rekeln sie sich auf den Fensterbänken in der Abendsonne. Wie halten sie das nur aus, zumal sie ja auch noch ganz in schwarz gekleidet sind?! Sie dann zu streicheln hinterlässt dann schon fast Verbrennungen ersten Grades auf der Dosihaut. Dennoch sind wir froh, dass sie so viel aushalten. Denn Überhitzung kann den Tigern durchaus schaden. So fallen die Spielstunden an heißen Tagen etwas gemächlicher aus. Aber auch Gobbo und Emily wurde es an den heißesten Tagen vergangenes Jahr zu extrem. Sie verschwanden dann.

Und tauchten an den komischsten Stellen unter. Zog ich an diesen Tagen den Bettkasten hervor, blickte mir Gobbolino daraus verschlafen entgegen. Tatsächlich war das Klima unter dem Bett so angenehm, dass auch ich einmal neben ihm wegdämmerte, während ich ihn kraulte. Der beste Typ überhaupt, der etwas später von der Arbeit nach Hause kam, schickte mir schon eine Textnachricht aufs Handy, um mir die Überstunden auszureden. Sehr überrascht folgte er dem Geräusch, das daraufhin aus meiner Hosentasche die Ankunft der Textnachricht verkündete. Und schon lagen wir für eine Weile zu dritt unterm Bett. Danke für den Tipp, kleiner Miezenmann. Trotzdem probierten wir an den heißesten Tagen die Tipps aus unserer Katzenhalterbibliothek aus. Zum Beispiel sollte eine Glasschüssel mit Eiswürfeln Emily und Gobbo dazu animieren, mit den Pfötchen darin zu fischen – und sich dabei gleichzeitig abzukühlen. Allerdings war die Katzenschaft erst einmal reichlich empört. Denn dieses Wasser war ja unerhörterweise nass. Dann aber froren wir kleine Wurststückchen in die Eiswürfel – so war der Preis (tropfendes Pfötchen) annehmbar. Und ein Etappenziel erreicht. Recht skeptisch las ich weiter: Rubbel die Katz! Mit einem feuchten Handtuch. Oh-oh. Noch mehr Nass, da schwante mir noch mehr Empörung. Das war dann auch so. Beide Miezen flohen so konsterniert wie verstrubbelt aus meiner feuchten Umarmung. Unter Protest – „Prrrt" – setzte sich Emmi in den Flur und fing an, das Strubbelfell mit der Zunge wieder zu glätten. Die Absurdität der Unternehmung – die Zunge ist ja auch keine Ausgeburt an Trockenheit – ging ihr nicht auf. Gobbo wählte eine andere Methode: Hopps aufs Bett (unseres) und Hin- und Herrollen, bis die ganze widerliche Feuchtigkeit vom Fell ins Laken wandert. Gut. Wie du mir, so ich dir ... Das ist wohl fair.

72. Der Miezmob hält dicht

Wieder bietet sich mir eine Szene des Grauens – fast wie nach einem Mafiamassaker: Kissen sind auf den Boden gerissen, Näpfe gekippt, ehemals auf dem Tisch gestapelte Zeitschriften auf dem

Wohnzimmerboden verteilt. Daneben schwarze Fellbüschel, am Ansatz herausgerissen und in einer Menge, nach der zu urteilen mindestens eine meiner beiden Katzen nun halb nackt sein müsste. Blutspuren finde ich keine, dennoch mache ich mich besorgt auf die Suche nach Emily und Gobbolino und denke: „Die Nummer der Tierklinik ist in der Küche hinterlegt ...?"

Einer detektivischen Eingebung folgend, begebe ich mich zum Katzenfernseher: einem menschenkniehohen Kratzbaum mit zwei Liegeflächen direkt vor dem bodentiefen Schlafzimmerfenster. Von dort aus wird dem geneigten Katzenkinobesucher Ausblick auf zwei Straßen links, in Nachbarsfenster und -gärten, auf ein Schloss, zwei Bahnstrecken, den Innenhof der Verkehrsbetriebe mit Tag und Nacht ein- und ausfahrenden Bussen sowie auf eine waldqualifizierende Anzahl von Bäumen voller zwitschernder Vögel geboten. Auch die Tonqualität ist überragend – unsere Wohnung ist bescheiden isoliert, sodass auch die geräuschlichen Aktivitäten aller möglichen Kreaturen dieses Katzenkrimis live reinkommen. Deshalb lieben die beiden ihren Katzenfernseher, abends, wenn die Lichteffekte besonders reich sind, oder morgens, wenn mauskleine Menschen aus den Türen und Gärten der Häuser strömen, um ihrem Tagwerk nachzugehen.

Den Kopf durch die Tür ins Schlafzimmer steckend, finde ich die beiden Tatverdächtigen entspannt vor dem Katzenprogramm: Emily lümmelt auf der obersten Ebene ihres Kinokratzbaums, Gobbolinos zierlichen Rücken erkenne ich auf seinem Premiumsitz direkt vor der Scheibe. Meine Ermittlungen erregen ihre Aufmerksamkeit: Beide Schnäuzchen drehen sich zu mir, und vier entspannt-unschuldig wirkende Katzenaugen, zwei grasgrün und zwei goldgelb, blinzeln mich freundlich an.

„Was ist denn da schon wieder vorgefallen?!", frage ich und zeige in Richtung Tatort. Die beiden blicken sich an. Moment. Stimmen die da etwa ihre Aussagen ab? Als ob sie wirklich antworten würden und als ob sich ihre beiden Versionen bei getrennter Befragung durch Detektiv

Dosi decken müssten. Ich bin gerührt, dass meine beiden Mitbewohner meine ermittlerischen Qualitäten so hoch einschätzen und beobachte die Szene weiter. Emily blinzelt Gobbo zu, was den Kater dazu veranlasst, kurz das Kinn anzuheben. Ein Öhrchen zuckt. Daraufhin rückt Emmi verschwörerisch etwas näher zu Gobbo und dreht ebenfalls ein Ohr zur Seite. Gobbo ächzt daraufhin recht niedlich und dreht beide Ohren auf vollen Emmi-Empfang. Emmi hebt das Kinn, und schließlich drehen sich alle vier Katzenaugen wieder in meine Richtung. „Prrt" – Emmi bedeutet mir, dass ich nun Streicheldienst habe. Sehr wohl – dabei untersuche ich unauffällig das Fell meiner Katzen auf Biss- und Kratzspuren. Finde aber nichts. Kein Täter. Kein Opfer. Und beide schnurren mir was vor. Meine Beweisaufnahme ist am Ende. Der Miezmob hält dicht. Vielleicht gucken sie zu viele Krimis im Miez-TV.

73. Mein Steuerbekater

Waaaaah! Die Steuererklärung ist fällig. Wie bestimmt eine große Anzahl anderer Steuerpflichtiger fange ich schon eine Woche im Voraus nachts mit dem Zähneknirschen an. Bis endlich der gefürchtete Sonntag, an dem die unseligen Formulare ihrer Vervollständigung zugeführt werden sollen, gekommen ist. An welchem das Ausmaß des Chaos, das ich im Laufe des Jahres versucht habe zu vermeiden, ersichtlich wird. Zum Glück ging mir Gobbolino dieses Jahr eifrig zur Hand.

Der Anblick seines zwischen Haufen von aus ihren Lagern gerissenen Belegen, Ordnern und Unterlagen brütenden Frauchens stachelte die Hilfsbereitschaft meines Katers an. Gestatten, Gobbolino, „Steuerbekater", zu Diensten. Das mit dem Absetzen nimmt er wörtlich: Und runtergescharrt vom Tisch werden die Stapel. Siehst du, Dosi, wie die Steuerlast fällt? Warte, ich kann sie für dich auch noch kurz- und kleintrampeln. Meine ohnehin überschaubare Lust auf Steuerformulare wächst durch Steuerberater Gobbolinos hemdsärmelige Herangehens-weise aber auch nicht gerade an. „Gobbolino, das ist NICHT hilfreich", maule ich und erinnere mich dabei selbst an die Kanzlerin, die diese Phrase ja oft benutzt, fühle mich aber ungleich ohnmächtiger.

„Ach was, nicht hilfreich", kanzelt mich der Kater ab und weist mich darauf hin, dass Emmi und er steuerlich gesehen ja überaus vorteilhaft seien. Schließlich falle in diesem Land ja keine Katzensteuer an, vielmehr könne ich die Kosten für Katzenstreu und Katzenspielzeug doch als Sonderausgaben und jene für Futter als Bewirtungskosten eintragen. Durch sein Erscheinen in diversen Publikationen sei er überdies ein gemeinnütziger Kater, und gern bereit, mir eine Bescheinigung über die in 2015 geleisteten Snack-Zuwendungen auszustellen.

Zudem erbringe er einiges an haushaltsnahen Dienstleistungen, die ich ebenfalls absetzen könnte, wenn ich ihn nur mal ordentlich dafür bezahlte. Zur Demonstration springt er ins Regal an den nun verwaisten Platz der Ordner, die aufgeklappt überall herumliegen, saut sein Fell dabei mit wahrscheinlich genau ein Jahr alten Wollmäusen ein und wälzt diese anschließend fein säuberlich auf dem Flurteppich ab. Vielen Dank, Gobbolino, wirklich eine großartige Dienstleistung als lebender Staubfänger! Jetzt muss ich nur den Teppich saugen und nicht mehr das Regal abstauben.

Gobbolino hat aber noch weitere gute Tipps in petto: Alles, was er im Laufe des letzten Jahres kaputt gemacht hat, könne ich doch als Verlustabzug anbringen. Die Katzenzeitschriften und -bücher fielen für mich als Vollzeit-Dosi übrigens unter Fortbildungskosten. Auch die Fahrtkosten zum Tierarzt solle ich aufführen, anteilig könne da auch noch der Transportkorb geltend gemacht werden. Die Formulare füllen sich unter der fachkundigen Anleitung des Steuerbekaters wie von selbst. Ich drucke alles aus, füge die von Gobbolino heraus-, oder eher heruntergesuchten Belege hinzu, und ab damit in den Umschlag...

Moment noch, bedeutet mir der Kater. Seine Pfote weist auf das Unterschriftfeld im Mantelbogen. Und dann, als ich signiert habe, auf das daneben: „Bei der Anfertigung dieser Steuererklärung hat mitgewirkt:" Folgsam trage ich ein: Gobbolino, Steuerbekater.

74. Wach! Jetzt! Auf!

Medizinisch gesehen, sind Schlaf- und Aufwachprozess faszinierende Vorgänge. Denn in den verschiedenen Schlafphasen und dem Zeitpunkt des Aufwachens liegt das Geheimnis der Erholung. Dumm nur, dass das unsere Miezen überhaupt nicht interessiert. Sie könnten doch einfach mal Rücksicht nehmen! Aber dafür sind Katzen leider im Allgemeinen nicht bekannt. Idealzustand und Realität liegen beim besten Typen überhaupt und mir jedenfalls weltrekordkatzensprungweit auseinander.

Legen wir uns aufs Ohr, beginnt alles wissenschaftlich gesehen mit einer Leichtschlafphase, die Nicht-Experten auch das „Dösen" nennen. Sind wir vom Tag gestresst oder haben Sorgen, können demnach hier große Störungen auftreten. Diese Störungen treten bei uns aber auch auf, wenn wir zufrieden ins Bett gehen. Oder besser: Sie treteln auf. Nämlich in Form von Gobbolino. Der hat, wie Sie bereits wissen, die Angewohnheit, uns in dieser Phase im Zehn-Minuten-Takt heimzusuchen, um zwischen uns auf dem Bett herumzutreten, zu schnurren und zu rollen. Sind wir dennoch entspannt, gelingt das Einschlafen irgendwann doch. Emily respektiert übrigens unsere Einschlafphase, legt sich brav vor den Katzenfernseher (Kratzbaum vorm Schlafzimmerfenster) und lässt uns in Ruhe.

Der Übergang von der leichten in die tiefe Schlafphase dauert laut Wissenschaft im Durchschnitt 40 Minuten. Wenn man bedenkt, dass Gobbolino währenddessen mehrfach Dinge im Schlafzimmer verschiebt, bekratzt und verschubst, sodass wir ihn nach etwa einer weiteren Stunde entnervt aus dem Zimmer werfen und die Tür schließen, sind wir da überschaubar drüber. Bevor jedoch diese erholsamste Nachtphase beginnen kann, muss Emmi leider aufs Klo – weshalb mindestens einer von uns – darauf durch klägliche Maunzlaute aufmerksam gemacht – noch einmal kurz aufstehen und die Tür öffnen muss. Wenn man Glück hat, steht der Kater nicht bereit, um schnell zurück ins Zimmer zu flitzen. Meistens haben wir aber Pech. Jetzt können Sie eigentlich dieses Kapitel noch einmal von vorn lesen. Das wäre nur fair. Warum soll es Ihnen besser ergehen?

Ah, wie schön, Sie haben es also doch zu diesem Absatz dieses Kapitels geschafft. Das heißt auch, dass der Kater sich endlich in seine Hängematte verzogen hat und wir es in die dritte Schlafphase geschafft haben. Machen Sie mit: Wir atmen ruhig, tief, Blutdruck und Herzfrequenz senken sich, die Muskulatur entspannt sich komplett. Merken Sie, wie erholsam das ist?

Die Zellgewebeerneuerung läuft dabei übrigens auf Hochtouren, sprich: Auch kätzische Kratzer auf unseren Körpern heilen jetzt rasant. Wunderbar! Beide Miezen sind überdies abwesend. Hach. Immer mal wieder gibt es jetzt Leichtschlafphasen mit Traumphasen. Die werden gen Morgen immer länger. Oh nein, heute gibt's auch einen Albtraum! Ein gruseliges Flüstern und Kreischen jagt hinter mir her. Vor Angst wache ich auf und bemerke: Es ist kein Flüstern und Kreischen. Die sonst so brave Emmi randaliert an der Tür. Meine Schlafphase ist zwar noch nicht ganz beendet, der Aufwachzeitpunkt ist suboptimal. Aber Emmi hat Hunger. Und das Albtraummonster damit Feierabend. Emmi sei Dank!

75. Klänge für die Katz'

Wissenschaftler, die Tiere mit Musik beschallen, sind nicht selten. Klassische Musik zur Beruhigung von Gorillas oder Milchkühe, bei denen es mit Beethovenbeschallung im Stall einfach besser läuft – diese Beispiele kennt so mancher Tierfan aus der Presse.

Auch Emmi und Gobbo haben bereits menschliche Tunes miterlebt – von Heavy Metal bis hin zum besten Typen überhaupt, der relativ regelmäßig und selbstredend höchst professionell seine eigene Gitarrenmannschaft beklampft. Gobbo sitzt dann interessiert daneben. Wobei ihn dabei eher die lustig wippenden Enden der Saiten interessieren, die vom Gitarrenkopf hervorstehen. Nehme ich mal einen falschen Ton im ansonsten selbstredend perfekten musikalischen Ensemble aus dem Arbeitszimmer wahr, ist das das Zeichen dafür, dass Gobbo höchstselbst mitzupft.

Die Gemeinsamkeit dieser Beispiele ist folgende: Jedes Mal wurde Tieren Musik gespielt, die für Menschen gemacht war. Dabei fand sich das ein oder andere, das Tiere anspricht – so macht Beethoven milchmüde Kühe munter, und Gobbo relaxt eben gerne zu Heavy Metal. Wissenschaftler der US-Universität Wisconsin-Madison erforschten aber nun, welche Klänge unsere Hausmiezen besonders ansprechen. Ein Konzertmusiker hat aus den Ergebnissen ein Album produziert – mit Katzenmusik.

Dieses Album ist letzte Woche bei mir zu Hause angekommen. Also holte ich meinen kleinen kabellosen Lautsprecher hervor, legte ihn ein paar Zentimeter vor Gobbo ab, der gerade auf der Couchlehne fläzte, und spielte ihm das erste Lied. Sobald die sanften atmosphärischen Instrumentalklänge, mal mit Schnurr- und Kratzlauten, mal mit beinahe harmonischem hohen Geigenquietschen und Vogelgezwitscher hinterlegt, an sein Ohr drangen, hob der kleine Kater interessiert den Kopf.

Seine Pupillen drehten sich auf und er stupste den Lautsprecher wiederholt mit der Pfote an. Dieser lag irgendwann gefährlich schräg auf der Kante der Lehne. Ich wollte ihn eigentlich nur in eine sichere Position zurückschieben. Gobbo aber dachte wohl, ich würde seine Musik wegnehmen, umfasste die kleine, runde Box mit beiden Vorderpfoten, zog sie zu sich und legte andächtig den Kopf darauf.

Wippt lustig. Klingt aber komisch.

Wie, Gobbo, bist du doch nicht nur Metalhead? Wenn das nicht beweist, dass der Kater die Katzenmusik mag, dann tat es sein lautes Schnurren.

Am Abend wiederholen wir das Experiment mit beiden Miezen im Schlafzimmer. Beide legten sich nahe des Lautsprechers auf dem Bett ab und schnurrten, was das Zeug hält. Und wir? Wir schliefen wunderbar zu meditativen Klängen und Katzenschnurren ein.

„Yeah, Musik extra für Katzen. Genau mein Sound!"

Eine Win-win-Situation, wie sie im Buche steht!

76. Stiftung Katzentest

Jedem Tierchen sein Plaisierchen, jedem Plaisierchen sein Magazinchen – so lautet wohl das Credo der deutschen Fachpresse. Und das ist ja im Prinzip auch gut und richtig so. Zwar überkommt einen beim Stöbern in gut sortierten Bahnhofsbuchhandlungen manchmal der Gedanke: Wer bitte interessiert sich für XY?! Aber wenn ich jetzt statt XY irgendetwas Konkretes schreiben würde, hätte ich mir im Nu ein halbes Dutzend böse Mails eingehandelt: Was haben Sie denn bloß gegen XY? Würden sich mehr Leute mit XY beschäftigen, statt immer nur mit YZ, wäre die Welt jedenfalls ein besserer Ort! Und so deckt die Armada der Publikumszeitschriften von A wie „Akademische Frauenblätter" bis Z wie „Zeitschrift für Bergrecht" alles (Un-)Denkbare ab. Und relativ mittig dazwischen: K – wie Katzenmagazine.

Katzenmagazine dürften deutlich mehr Publikum erreichen als „Akademische Frauenblätter" und „Zeitschrift für Bergrecht" zusammen. Sie haben also zweifelsohne ihre Berechtigung. Die will ich ihnen auch gar nicht absprechen. Was aber keinerlei Daseinsberechtigung hat, sind Tests in Katzenzeitschriften. Jedenfalls nicht so, wie man sie zum Teil vorfindet. Ein besonders doofes Beispiel: Testen Sie selbst – Welche Fütterungsmethode passt zu Ihrem Leben? Na, da bin ich aber gespannt ... Erste Frage: Kochen Sie oft und gern? Antwortoption A: Kochen ist meine Leidenschaft, ich koche auch gern für meine Katze. Frage vier: Wie verwöhnen Sie Ihre Katze? Antwortoption A: Ich koche ihr oft kleine Gerichte und backe Leckerlis. Auch Frage sieben und acht schließen explizit die Antwortoption ein, dass die Testperson für ihre Katze kocht. Tut man dies, ist es nur noch sehr theoretisch möglich, nicht in der entsprechenden Auflösungskategorie zu landen. Da steht dann: „Sie kochen und essen leidenschaftlich gern – und genauso füttern Sie auch Ihre Katze." Gut, wenigstens wird dies noch mit dem nützlichen Hinweis verbunden, dass man nicht auf ein gutes Alleinfuttermittel verzichten möge, insofern lässt sich hier noch eine hehre pädagogische Absicht attestieren.

Noch blöder ist, wenn diese Absicht fehlt: Zehn Fragen – wie unabhängig ist meine Katze? Die Macher bemühen sich gar nicht erst, die Reihenfolge der Antwortkategorien zu variieren. Option B ist also jedes Mal die unabhängige Katze, Option C die Klette, A die Mieze auf dem Mittelweg. Frage drei: Wie holt sich Ihre Katze Futter? B: Sie holt sich Futter draußen und nimmt von mir nichts. Hm. Könnte auf ein unabhängiges Tier hindeuten. C: Sie wartet sehnsüchtig drauf, dass ich ihr Futter hinstelle. Klingt irgendwie nicht so unabhängig. Frage sechs: Was macht Ihre Katze, wenn Sie sie rufen? B: Sie ignoriert mich. C: Ich habe ihren Namen kaum ausgesprochen, schon steht sie da. Nehmen wir noch Nummer zehn: Wie gestalten Sie die Fellpflege Ihrer Katze. B: Meine Katze pflegt ihr Fell selbst. C: Direkt nach dem Aufwachen rennt sie ins Bad und fordert mich auf, endlich ihr Fell zu pflegen. Laut diesem Test gibt es wahrscheinlich ausschließlich Miezen der Kategorie A in Deutschland, unabhängig, aber bei Bedarf Aufmerksamkeit und Fürsorge einfordernd. Testurteil der Stiftung Miezentest: Solche Tests sind für die Katz'.

77. Pelztierpädagogik

Seit neuestem springen wir während eines Fernsehabends rund 20-mal unvermittelt auf und rennen aus dem Raum. Grund dafür ist ein Tick von Gobbolino und eine neue pädagogische Methode, um ihm den auszutreiben.

Gobbo hat ja, wie Sie wissen, die äußerst nervtötende Angewohnheit, uns beim gemütlichen Couchabend durch das Herunterschubsen von Dingen vom Esstisch zu signalisieren, was er vom Konzept eines gemütlichen Couchabends hält: Nichts nämlich. Viel lieber will der Rabauke bespaßt werden. Was wir auch regelmäßig tun, aber anscheinend ist das Niederlassen seiner Dosis auf der Couch vor einem bunten Kasten mittlerweile für ihn das Signal, dass wir einfach nichts

Besseres zu tun haben. Oder er unterstellt uns psychische Probleme und will uns retten. Bei Katzen lässt regelmäßiges stures Geradeausblicken an der immer gleichen Stelle schließlich auf Depressionen schließen. Wie auch immer Gobbos Gedankengang dazu aussehen mag: Er missinterpretiert.

Und schreitet zur Tat. Zur Dingeschubsen-Tat. Sofern er also auf dem Esstisch etwas vorfindet, meist die Post, Schlüssel oder die Zeitung, scharrt er daran rum, bis er es schließlich über die Kante auf den Boden befördert. Für alle Katzenbesitzer unter uns, das weiß ich, ist das eine bekannte Miezmasche. Gobbos intensiver Blick in unsere Richtung nach der Tat beweist Nachdruck und lässt sich übersetzen mit: „Spielen? Spielen? Spielen? Wollen wir? Naaaa?" Nun – so haben wir gelesen – ist das Auffangen dieses Blickes schon ein Dosi-Anfängerfehler: Seine Schubsleistung wird dabei ja schon mit Aufmerksamkeit gewürdigt. Ignorieren geht auch nicht, denn dann ist der Fernsehabend gleichfalls im Eimer: Es scharrt, raschelt, klimpert unaufhörlich, der Kater tanzt auf unseren Nerven, unser Programm: Nebensache. Damit wird es ja dann auch nicht besser.

Gemäß des Konzepts „lebenslanges Lernen", das auch bei uns Katzenhaltern ein Prinzip ist, haben wir in der Fachlektüre nun einen neuen Lösungsansatz für das Problem entdeckt und probieren ihn aus: Wann immer Gobbo zu seiner Schandtat ansetzt, verlassen die Dosis zügig, wort- und blicklos den Raum. In unserem Fall ist das Ziel die Küche. Bei Gobbo soll dadurch die Einsicht reifen, dass sein Tun das Gegenteil von Aufmerksamkeit auslöst. Um unserer Botschaft Nachdruck zu verleihen, bleiben wir eine Weile weg. Und weil wir sonst nur dumm in der Küche rumstünden, putzen und räumen wir, während bei Gobbo, so unsere Hoffnung, die gewünschte Erkenntnis ins kleine Katerhirn sickert. Steter Tropfen und so. Doch auch nach einer Woche konsequenter Ausführung ist der sprichwörtliche Stein nicht mal „angehöhlt". Der Fernsehabend ist noch zerstückelter als vorher, Gobbo findet diebische Freude daran, uns beim Gang in die Küche in den Weg zu springen, und freut sich unbändig, direkt vor der

Tür zu sitzen, wenn wir wieder rauskommen. Denn wer in die Küche reingeht, das ist ihm klar, der muss auch wieder rauskommen: „Ha! Hab ich euch gefunden!" Aber ein Gutes haben unsere Katererziehungsmaßnahmen doch: Die Küche war noch nie so sauber. Bleibt nur noch entschieden die Frage wegzuwischen, wer hier wen erzieht.

78. Für eine Handvoll Leckerlis mehr

Japanische Forscher haben Katzen mit Zauberkunststückchen aus dem Konzept gebracht. Ein Becher wurde geschüttelt, mal rappelte es, mal blieb es still. Dann wurde der Becher umgekippt, mal war was drin, mal nicht. Wohlgemerkt war nicht immer was im Becher, wenn es gerappelt hatte, und er war nicht immer leer, wenn es keinen Laut gegeben hatte – sonst wäre ja keine Zauberei im Spiel gewesen. Die Forscher stellten fest, dass Katzen in diesen ungewöhnlichen Fällen – Rappeln und Leere beziehungsweise Stille und Inhalt – ausdauernder auf den Becher starrten als bei den erwartbaren Fällen. Die Forscher schlossen: Die bezauberten Miezen begreifen das Prinzip von Ursache und Wirkung.

Der beste Typ überhaupt hat – instinktiv, nicht bewusst – ähnliche Experimente begonnen. Versuchsaufbau: Ein bester Typ überhaupt, auf der Couch vor dem TV. Zwei Katzen, Position unerheblich. Der Mensch öffnet sich eine Tüte Snacks. Worauf es ankommt: Sie sind in Plastik verpackt. So wie die Snacks unserer Miezen. Kaum raschelt der beste Typ überhaupt mit seinen Snacks herum, denken Gobbolino und Emmi, es gäbe ihre. Und egal, wo sie waren, im Moment des Raschelns materialisieren sie sich ad hoc auf der Sofalehne und bestarren den besten Typen überhaupt. Und zwar definitiv länger und durchdringender, als wenn tatsächlich Miezenleckerli zu sehen wären. Die japanischen Forscher hätten sich ihre Zaubertricks also sparen können – der Exzellenzcluster Dosi-Forschung bei mir zuhause hätte ihnen die Ergebnisse selbstverständlich gerne zur Verfügung gestellt.

Anders als bei dem von den Wissenschaftlern veranstalteten Hokatzpokus galt das Erkenntnisinteresse des besten Typen überhaupt aber eigentlich primär dem TV. Sein Snackinteresse war so sekundär wie selbstbezogen. Nun steckt er seinen Katzen freilich auch gerne was zu. Aber er bestimmt den Zeitpunkt lieber selbst. Und am ungünstigsten erscheint ihm da just der Zeitpunkt, wenn er sich selbst Snacks zuführt: Denn da sitzt er gemütlich, eine Hand in der Tüte, eine bei mir. Weder will er aber die Linke, sollte er den erwartungsfreudig starrenden Sofalehnengästen Katzensnacks verfüttern, hernach wieder in die eigene Chipstüte stecken. Noch darf er mit der Rechten, wenn er diese benutzt, wieder zu mir. Meine Klamotten dürfen nach Katze riechen. Nach Katzensnacks eher nicht.

Da der beste Typ überhaupt aber so ein vernarrter Katzenrudelführer ist, bringt er es nicht übers Herz, Emmi und Gobbo unbesnackt wegzuschicken. Schafft er nicht. Ihm bleibt nach der Katzenverkostung nur, sich zu erheben, um die Finger waschen zu gehen. Vorbei ist es mit der Gemütlichkeit. Damit er das nicht wiederholt tun muss, hat der beste Typ überhaupt nun – diesmal bewusst – eine neue Versuchsreihe initiiert und hierzu leere Schälchen in Greifnähe postiert. In diese wird sein Snack dann direkt umgefüllt, um die Katzenbesnackungsnotwendigkeit auf das Initialraschen zu reduzieren. Falls sich japanische Forscher für die Resultate interessieren: einfach melden. Ein erstes Ergebnis sei aber schon jetzt enthüllt: Meinem Fernsehgenuss ist weniger Raschelei des besten Typen überhaupt durchaus zuträglich.

79. Vorsprung durch Kraultechnik

Dass das Thema Streicheln kein unwichtiges ist, lehrt uns die Biologie: Auf jedem Quadratmillimeter Haut unserer Miezen wachsen 100 bis 200 Härchen – und jede Haarwurzel ist rundum von empfindlichen Nervenzellen umgeben. Gleichzeitig haben die Schmuseeinheiten direkten Einfluss auf Miezes sonstiges Wohlbefinden: Die Muskeln entspannen sich, der Herzschlag wird ruhiger, die Verdauung wird angeregt. Doch es gibt Unterschiede in Sachen Streichelvorlieben. Das sieht man schon bei zwei von zwei Katzen im Dosihaushalt Elgaß.

Gobbo scheint eher die Technik des besten Typen überhaupt zu favorisieren. Komme ich von mir aus an, geht er meistens einfach weg. Gerechterweise ist es bei Emmi genau umgekehrt: Während sie mich regelmäßig im Wohnzimmer abholt, ins Schlafzimmer führt und mir mit einem Sprung aufs Bett bedeutet, dass ich nun Streicheldienst habe, macht sie das mit dem besten Typen überhaupt eigentlich nie. Und wenn er sie mal im Schlafzimmer erwischt und kraulen will, fängt er sich doch öfter mal eine ein. Es ist klar: Jedem Tierchen sein Plaisierchen – und jeder Mieze ihre eigene Streicheltechnik. Ich muss zugeben, dass mich Gobbolino mit seiner Vorliebe für die Streicheltechnik des besten Typen überhaupt fast schon persönlich beleidigt. Schließlich habe ich mich sehr gründlich und unter Zuhilfenahme einschlägiger Fachliteratur ausgebildet. Und da lautet der Grundtenor: Nicht alle Katzen lassen sich über einen Kamm scheren – aber eine Grundregel lautet: immer zärtlich. Und bei Emmi funktioniert die Masche ganz wunderbar. Zuerst mit der flachen Hand über die Flanke streicheln. Wenn sie dann tretelt, ist sie bereit für den kleinen Kreis, den man mit den Fingerkuppen über den Rücken und am Bauch wieder zurückzieht. Wenn man dann mit geknicktem Finger über ihre Oberschenkel streicht, legt sie sich auf die Seite. Jetzt wird vorsichtig der Kopf zwischen den Öhrchen gekrault, die man aber nicht berühren darf. Sobald Emilys Ohren ganz nach vorn zeigen, kommt die Bauchkraulrotation. Dann legt sie sich auf den Rücken und zieht meine Hand mit den Pfoten zu sich, um sie abzulecken. Danach sollte man aufhören, und Emmi schläft zufrieden ein. Versuche ich diese Abfolge bei Gobbo, schaut er mich irritiert an. Und geht halt weg.

Vom besten Typ überhaupt ist er eine ganz andere Technik gewohnt: Der patscht Gobbo grobschlächtig mit seiner großen Hand auf den Kopf, sodass der fast auf den Boden gedrückt wird. Dann fängt er an, den kleinen Kater wild zwischen den Ohren zu kraulen, sodass dessen

Kopf recht unvermittelt von einer Seite zur anderen wippt. Dann rubbelt der beste Typ überhaupt ihm mit den Fingerspitzen über den Rücken und die Seiten, so dass Gobbo kleine Ausfallschritte machen muss, je nachdem, welche Seite gerade dran ist. Jetzt fällt der Kater irgendwann um und lässt sich mit der flachen Hand kräftig den Bauch bearbeiten, sodass er auf dem Parkett hin und herrutscht. Meine sensible Mieze hätte ihm schon längst eine mitgegeben. Seine extrem fremdbestimmten Torkeleien kommentiert Gobbo jedoch mit lautem Schnurren. Zärtlich? Eher nicht. Der Kater will die harte Tour. Und die auch nur vom besten Typen überhaupt. Tss. Muss wohl so ein Männerding sein.

80. Gobbos Tagebuch

Unfassbar. Da räume ich das Arbeitszimmer auf – und was finde ich? Ein Tagebuch mit einer kleinen Tatze vorn drauf und einer Inschrift: „Dieses Tagebuch gehört Gobbolino – Dosis müssen draußen bleiben!" Mein Kater führt Tagebuch?! Daran muss die Welt teilhaben. Sorry Gobbolino, aber es siegt die Papparazza in mir. Das trieb den Kater letzte Woche um:

Montag: Liebes Tagebuch! Heute habe ich wieder den ganzen Tag verschlafen. Dafür bin ich jetzt fit. Also nachts. Meine Dosis haben mich gerade aus dem Schlafzimmer geworfen. Aber irgendwie muss ich ihnen ja mitteilen, dass ich jetzt genug Energie zum Spielen hätte. Und die glitzernden Dinger, die meine Dosi sonst immer an diesen komisch-verkümmerten Menschenhörmuscheln trägt, klappern außerdem noch so schön, wenn man sie von dem Ding, an dem sie hängen, auf den Boden schubst. Und den beiden Menschen gefällt das ja auch. Sonst würden sie nicht so euphorisch und energiegeladen aufspringen. Weiß gar nicht, warum die dann immer dieses Holzding vor ihre Höhle machen, damit ich nicht reinkomme. Naja, aber so habe ich jetzt eben Zeit, mit dir zu reden, liebes Tagebuch. Ansonsten war heute aber alles wie immer. Das Fressen war mir zuwider und ich musste auch schon wieder auf mein Nicht-Lieblingsklo, weil die blöde Emmi schon wieder in mein Lieblingsklo gemacht hat. Wenn das so weiter geht, reiche ich wieder Beschwerde ein, liebes Tagebuch, das kannst du mir glauben.

Dienstag: Hallo Tagebuch! Heute war das Fressi ein bisschen besser. Es gab nämlich extra viel von dem knusprigen Zeug und wenig von der ekligen Fleischmatschepampe. Meine Dosi sagt, ich muss aber mehr davon essen, sonst kommt etwas, das „Harngries" heißt oder so. Da soll dieser Harngries mal kommen, dann kriegt er aber ordentlich meine Krallen zu spüren!

Mittwoch: Hach Tagebuch, es ist Nacht und ich habe echt versucht, zu schlafen. Aber ich habe schon wieder den ganzen Tag gepennt und kriege jetzt kein Auge zu. Vielleicht sollte ich mich mehr an meine Dosis anpassen. Hm. Ach was. Ich geh' einfach mal rüber und schau nach, ob die spielen wollen. Und wenn nicht, dann setze ich mich einfach zwischen sie und schnurre und tretele sie wach. Das finden sie so süß, dass sie mich nicht rausschmeißen, sondern „Oh, wie süß!" machen. Und dann werde ich wenigstens ein bisschen gekrault, bis sie wieder wegpennen.

Donnerstag: Heute war wieder der Dosi mit den kurzen Haaren tagsüber zu Hause. Ich frage mich allerdings, ob dem nicht langweilig ist. Der sitzt immer träge vor diesem Ding mit Bildschirm und diesen Tasten davor, die so schön klappern, wenn man draufspringt. Ich mag das. Der mag das glaub ich auch. Immer wenn ich das mache, wird er ganz wach, schiebt mich runter und haut dann mit seinen Tatzen ebenfalls auf die Dinger. Und dann spielt er mit mir. Hach, wenigstens einer versteht mich hier.

Freitag: Liebes Tagebuch, die Dosis schlafen wieder, mir ist so langweilig, Emmi will auch nicht spielen. Das Holzding blockiert auch wieder den Höhleneingang, seit ich am Schrank rumgescharrt habe.

Naja, geh ich halt wieder in meine Hängematte. Bis bald, liebes Tagebuch!

81. Mamis wissen's halt

Da haben sie mir ja ganz schön was eingebrockt, diese Wissenschaftler. Und dabei alle diejenigen, deren Hochleistungssport es ist, ihre heiß geliebten Vierbeiner zu vermenschlichen, unheimlich glücklich gemacht. So versuchten die Forscher zu ergründen, ob Wauwau uns denn nun versteht oder nicht. Den vertrauenerweckend komplizierten Versuchsaufbau (Botschaften, die in verschiedenen Tonfällen und von verschiedenen Sprechern gesprochen werden, stufenweise Variationen mit den Faktoren Inhalt und Tonalität, große Hunde in sogenannten fMRT-Röhren, um Hirnreaktionen sichtbar zu machen) erspare ich Ihnen. Ich verkürze die Ergebnisse der Studie mal auf das, was für Herrchen und Frauchen aller Welt wirklich zählt: Wauwau versteht inhaltlich viel mehr, als wir dachten.

Und diese Erkenntnisse sind nun der beste Trumpf meiner Mutter in einer Diskussion um Vermenschlichung von Haustieren, die wir schon ewig führen. Eigentlich hätten die Forscher einfach sie fragen können. Denn sie, die ihr Leben lang Hunde hielt, wusste es ja schon immer. „Der Hund kann es nicht leiden, wenn ihr ihn so ansprecht – er hat schließlich einen Namen! Deshalb kommt er jetzt auch nicht", schalt sie uns Kinder immer, wenn wir unsere Neufundländerdame mit „Hey, Hund, komm!" anwiesen. Ja, sie kam dann nicht. Aber, so entgegnete ich, Neufundländer haben das eben an sich: Sie kommen, oder sie kommen halt nicht. Und wenn wir den Hund mal eine Weile zu Hause allein ließen, war Mama ob des bei unserem Eintritt nur müde seufzend den Kopf hebenden Tieres felsenfest überzeugt: „Jetzt ist sie beleidigt, weil ich lange weg war." Für mich war klar: Der Hund hat eben geschlafen, statt panisch unserer Rückkehr entgegenzufiebern. Und als die Tür sich dann öffnete, war er halt verpennt. Und wenn er dann zehn

Minuten später wieder ganz wach war, begrüßte er sein Rudel auch angemessen.

Nun, dank der Wissenschaftler ist nun zumindest geklärt, dass Hunde unsere Botschaften sowohl anhand des Tonfalls, aber eben auch anhand des Inhalts erschließen. Okay. Aber dass sie infolge von Botschaften beleidigt sein können, wurde ja nicht bewiesen. Meine Mami fühlt sich dennoch bestätigt und versuchte, uns in unserer eigenen Lebenswirklichkeit zu widerlegen: „Eure Katzen sind doch bestimmt auch beleidigt, wenn ihr aus dem Urlaub kommt!" Der beste Typ überhaupt und ich blickten uns an, und antworteten wie aus einem Mund: „Nee, die freuen sich immer!" Emmi flitzt dann vor lauter Freude den Flur rauf und runter. Gobbo kriecht im Minutentakt über unsere Füße und fällt dann vor uns um, um sich Willkommenskraulen abzuholen. So geschehen wieder diesen Sommer. Natürlich tappten wir ihr so in die Falle: „Kann man unseren Haustieren absprechen, auch mal beleidigt zu sein, und gleichzeitig annehmen, dass sie sich freuen, uns nach längerer Zeit wiederzusehen?"

Öhm ... Schachmatt. Es gibt nur einen Ausweg aus der Begründungsmisere: Die Katzen freuen sich nicht über unsere Wiederkehr, sondern darüber, dass wir Koffer mitbringen (Miezen: „Oh, eine Kratzmöglichkeit") und sie dann auspacken (Miezen: „Eine Box, schnell rein in die Box, EINE BOX!"). Hm. Wie ernüchternd. Ach komm. Die freuen sich bestimmt auch ein bisschen. Hat Mama eben Recht. Dann ist der Hund halt auch beleidigt. Und jetzt alle: Mama, du bist die Beste!

82. Die Bettelprinzessin

Unsere Emmi ist eine sehr stolze Katze. Sie hat auch alles, was man dazu braucht. Mit ihrem tiefschwarzen, weichen Fell und dem grasgrünen Blick aus ihren riesigen Augen ist sie eine ausgemachte Schönheit unter den einfarbigen Hauskatzen. Das Ebenbild der ägyptischen Katzengöttin, könnte man denken. Und dementsprechend hoch sind ihre Ansprüche an ihre Mitkatzen und Dosenöffner in Bezug auf Spiel, Streicheln, Ruhephasen, Fellpflege, Snackauswahl und so weiter. Wenn man diese nicht erfüllen kann oder will, zeigt Emmi ihre kalte schwarze Schulter. Ja, sie ist eine stolze Katze, die nicht alles mit sich machen lässt. Sie bewahrt immer aristokatzisch Haltung – außer beim Fressenmachen.

Dann bröckelt die edle Fassade aber gewaltig. Das fängt damit an, wie sie uns morgens deutlich macht, dass sie Hunger hat. Unsere kreuzbrave Emmi, die die Nacht durchgehend entspannt am Katzenfernseher (Sie erinnern sich: Schlafzimmerfensterkratzbaumsofa) verbringt, unsere Emmi, die sich sonst niemals dazu herablassen würde, auch nur ein Pfötchen auf unseren Schößen weilen zu lassen, genau diese Emmi klettert dann doch tatsächlich über die Bettdecke auf unseren Körpern nach oben, bis sie sich dort hockend stabilisiert, um dann eine Pfote zu heben und uns mit dieser wiederholt ins Gesicht zu patschen. Und sie ist schlau, diese Katze. Würde sie uns die Krallen in die Nasenflügel rammen, das weiß sie genau, wäre das natürlich kontraproduktiv. Deshalb patscht sie ganz sanft und ohne Krallen mit ihren Samtpfötchen, und zwar wieder und wieder und wieder. Wer so geweckt wird, gleitet sanft geküsst aus dem Traum in die Wirklichkeit. Der freut sich darüber, dass seine Katze ihn mit so einer seltenen Intimität bedenkt und das mit einem auf Niedlichkeit bedachten Ächzen begleitet. Der steht natürlich auf und macht den Napf voll. Um fünf Uhr morgens. Abends allerdings verliert diese scheinbar so anmutige Katze wirklich alle Hemmungen. Eine Stunde vor der Fütterungszeit rennt sie uns schon bei jedem Gang in die Küche hinterher. Emmi, die sich meist zu fein ist, direkt zu kommen, wenn man sie ruft. Diese Emmi flutscht dann in der Küche in konzentrischen Kreisen um unsere Füße und beobachtet dabei jeden Arbeitsschritt genau: Einweichen der Näpfe – Emmis Augen werden groß. Abtrocknen – Emmi dreht sich im Kreis. Füllen – alles, was sich auf Katzenkopfhöhe in der Küche befindet, wird mit zitterndem Schwanz abgeschmust.

Emmi, wirklich? Du liebst das Vorratsregal? Ja, und die Dose Bohnen auch? Ja, und auch den Brotbackautomaten und den Servierwagen, ehrlich? Ja, und jetzt liebst du wieder meine Hauspuschen.

Während man also durch die Küche stakst in dem Versuch, die Futterversorgung anzuleiern, ohne auf die verrückt gewordene Katze zu treten, kriegt man den Eindruck, dass diese Katze nichts mehr liebt als ihren Dosenöffner. Ist das Mahl bereitet, trägt man es aus der Küche zum Futterplatz hinaus, Emmi rennt vorneweg und feuert ihr mittlerweile sehr reichhaltiges Lautrepertoire auf uns ab: „Mi, Miiihiii, Prrrrr, Prt, Meng, Miau, Meeeheheee, Meck, Meng, Mihhiii, Mau....". Dann stellt man es hin, Emmi leckt zwei Mal dran, murrt kurz „Prrt" und zeigt dem nur scheinbar heiß geliebten Dosi die kalte Schulter. Wahrscheinlich ist sie sich dann doch zu fein, um vor uns zu schmausen.

83. Kätzchen-Sätzchen

Dass meine Erfahrungen mit meinen beiden miezischen Mitbewohnern nicht exklusiv sind, beweisen schon Zeugnisse in der Literatur und in Geschichtsbüchern. Klar, dass es auch in der

Geschichte der Menschheit so manchen prominenten Humanoiden gibt, der auch seine Erfahrung mit Katzen gemacht hat.

Zum Beispiel Daniel Defoe, den Autor des Bestsellers Robinson Crusoe, in welchem ein Mann auf einer einsamen Insel strandet und lernen muss, zu überleben. Ihm wird folgendes Zitat zugeschrieben: „Wer eine Katze hat, braucht das Alleinsein nicht zu fürchten." Wie gemein von ihm, dass er seinem Robinson zuerst gar keine Gesellschaft hat zukommen lassen. Er hätte ihm doch seiner Erkenntnis folgend einige Qual ersparen können, hätte er für seinen Gestrandeten von Anfang an eine zugelaufene Inselkatze vorgesehen. Aber wahrscheinlich hätte Robinson dann eher mit einem schnurrenden Felltiger auf dem Schoß maximal entspannt sein Ende erwartet, statt glibberige Seegurken zu suchen, um sie zu essen. Dann aber wäre sein Werk den Verlegern wahrscheinlich zu kurz geraten.

Aber vielleicht war da ja eine Katze auf der Insel. Crusoe hat sie bloß nicht bemerkt. Das könnte an der Eigenschaft liegen, die Ernest Hemingway bemerkt hat: „Katzen erreichen mühelos, was uns Menschen versagt bleibt: durchs Leben zu gehen, ohne Lärm zu machen." Und Recht hat er damit auch – wir Dosis kennen alle Situationen, in denen sich unsere Miezen ganz plötzlich aus dem Nichts heraus vor uns materialisieren. Allerdings machen sie dann meistens doch Lärm – wenn sie Hunger haben. Aber das, fand die Wissenschaft ja nun längst heraus, machen sie ja auch nur unseretwegen – um uns zur Eile anzutreiben.

Etwas kryptischer äußerte sich da der gute alte Einstein – man hätte es von ihm aber auch nicht anders erwartet, oder? Ihm wird folgender Spruch zugeschrieben: „Man hat den Eindruck, dass die moderne Physik auf Annahmen beruht, die irgendwie dem Lächeln einer Katze gleichen, die gar nicht da ist." Naja, egal, was er da wohl genau gemeint hat, er wird wohl auch damit Recht gehabt haben. War ja immerhin Einstein. Etwas nachvollziehbarer äußerte sich auch Kurt Tucholsky, der ja für seine treffenden Aphorismen bekannt ist: „Die

Katze ist das einzige vierbeinige Tier, das dem Menschen eingeredet hat, er müsse es erhalten, es brauche aber nichts dafür zu tun." Das ist sicher so, aber sie tun doch etwas, indirekt: Sie machen die Seele fluffig, wie ich schon ganz am Anfang dieses Büchleins mutmaßte. Und es stimmt. Und wie sehr habe ich mich gefreut, als ich las, was mein Lieblingsdichter Rainer Maria Rilke dazu meinte: „Das Leben und dazu eine Katze, das gibt eine unglaubliche Summe!" Dem ist nichts mehr hinzuzufügen. Halt. Doch. Ein Kätzchen-Sätzchen fehlt. Das berühmte Zitat vom besten Typen überhaupt natürlich, immer mit einem Kopfschütteln begleitet: „Versteh' mal einer diese Katzen!"

84. Es hat endlich geklickert!

Gobbolino hat es endlich verstanden! Und er hat sich darüber hinaus auch noch bereit erklärt, teilzunehmen am abendlichen Klickerspiel! Sie erinnern sich: Das war das Spielchen mit dem Targetstab, dem Näschen, das denselben berühren muss, damit der Dosi klickt und dann ein Leckerchen rausrückt. Auf dass sich dieser Ablauf im Katzenköpfchen so sehr verfestigt, dass man mit der Zeit zum Einüben von komplexeren Tricks übergehen kann. Wir haben jedenfalls Riesenfortschritte gemacht. Zumindest mit Gobbolino. Emmi nimmt leider immer noch Reißaus, sobald sie auch nur sieht, dass ich nach dem Targetstab greife. Es ist und bleibt unter ihrer Würde. Gobbolino allerdings konnte ich überzeugen. Mit einer neuen Sorte Snacks, auf die er jetzt schon mehrere Wochen lang abfährt und die er nur bekommt, wenn er mitspielt. Und er spielt so schön mit. Das Ritual beginnt damit, dass ich unsere Miezschublade im Wohnzimmer öffne. Bereits jetzt stürmt der Kater heran – er weiß genau, dass meist was für ihn aus dieser Schublade kommt. Er hat recht: Ich befördere die kleine Dose mit den aktuellen Lieblingssnacks hervor. Während er sich bereits darauf stürzt – und anschließend wohl seinen Schöpfer innerlich für das Konzept Pfote verflucht, weil die sich leider nicht eignen, um Leckerlidosen-Drehverschlüsse zu öffnen – lange ich noch einmal in die Schatzkiste und greife den Targetstab.

Gobbolino versteht, was läuft, und wartet brav, bis ich den Targetstab ausgezogen und meine Schneidersitzposition neben ihm auf dem Boden eingenommen habe. Dann senke ich den Targetstab auf die Höhe von Gobbos Kopf, etwa 20 Zentimeter von seinem Schnäuzchen entfernt, und gebe das Signal: „Gobbo, kooomm!" Ich weiß auch nicht, warum, aber er möchte immer zwei Mal aufgefordert werden. Also gut: „Gobbo, kooomm!" Gobbo erhebt sich behäbig und geht – auf die Dose in meiner anderen Hand schielend – auf die Kugel am Ende des Stabs zu, bis seine Nasenspitze sie berührt. Und klick, es gibt was aus der Dose. Das schaffen wir bereits bis zu zehn Mal hintereinander an guten Tagen, bis Gobbo keine Lust mehr hat.

Vor zwei Wochen sind wir dann auf Level zwei des Klickerns aufgestiegen: Die Nase geht zur Kugel – und bleibt dort ruhig ein paar Sekunden, bis es klickt. Ich erzählte verzückt von dem Trick beim Spieleabend bei einer Freundin, dem Frauchen des schnittigen Tiesto und des gemütlich-rundlichen Paul. Die gratulierte mir herzlich zu meinem Erfolg und holte ihrerseits ihr Klickerwerkzeug hervor.

Erstaunt nahm ich zur Kenntnis, dass sich beide Kater vollendet symmetrisch vor sie hinhockten. Sie hob den Stab und sagte: „Tiesto, kooomm!" Der Angesprochene schob sein Näschen an die Kugel und bekam sogleich Klick und Leckerchen. So weit, so gut. Dann aber sagte sie: „Paul, Pfote links!", woraufhin selbiger seine linke Pfote an den Stab brachte. Etwas konsterniert vernahm ich das schmatzende Geräusch, als Paul das Leckerchen verschlang. Bei „Tiesto, Rolle" machte es dann auch bei mir Klick. Das Geräusch rührte allerdings nicht vom Targetstab her, sondern von meiner im Angesicht wahrer Katzendressurkunst herunterklappender Kinnlade. Gobbo, wir müssen mehr üben!

85. Miezfernweh

Miezfernweh kennen Sie bestimmt auch, wenn sie eine Mieze haben. Sie sind weg, und Mieze kann nicht mit. Man kommt zum Beispiel auf einer Dienstreise geschafft ins Hotel zurück und möchte eigentlich sofort seine Hände im weichen Fell seiner Mieze versenken, um zur sanften Vibration ihres Schnurrens maximal entspannt einzuschlummern. Doch Pech: Miezenseelenallein kauert man im großen, sterilen und kalten, da ganz und gar unplüschigen Hotelbett. Dann bekommt man akutes Miezfernweh. Ich habe allerdings ein Mittel gefunden, das wenigstens ein bisschen hilft. Was es dazu braucht, sind moderne Kommunikationstechniken und ein netter Katzenbetreuer an der Heimmiezfront.

Vor zwei Wochen half mir das über das Wochenende. Ich war auf einer Fortbildung in Berlin statt gemütlich mit dem besten Typen überhaupt und Emmi und Gobbo zu Hause. „Ich brauch Miezen!", textete ich deshalb dem besten Typen überhaupt am frühen Samstagmorgen. Wohl wissend, dass alle dort schon wach sind, denn wer Miezen hat, weiß: Ausschlafen ist nicht. Prompt kam ein Bild zurück: Gobbo bei der wochenendlichen Zeitungslektüre. Wobei Lektüre bei dem kleinen Kater heißt, die Seiten nur kurz zu überfliegen und dann mit den Krallen umzublättern. Sicher, der Mann von Welt hat ja auch nicht die Zeit, alles durchzulesen. Er hat schließlich auch noch anderes zu tun.

Was, das zeigte sich mir in einem kleinen Video, das eine Stunde später bei mir eintrudelte – mitten in der Fortbildung. Natürlich rief ich es sofort ab, ohne Ton natürlich. Demnach war Gobbolino in seiner Samstagsroutine dazu übergegangen, wie immer die Küchenpapierrolle zu vermöbeln. Ich prustete los und sorgte damit für Irritationen des Lehrenden und meiner Kollegen vor Ort. Um wenigstens nicht allein eine seltsame Figur abzugeben, zeigte ich das Video meiner Sitznachbarin. Die wiederum losprustete. Der Plan ging auf.

Beim Mittagessen dachte ich wehmütig daran, dass beide Katzen an einem normalen Wochenende zu Hause zu dieser Zeit in den Schmusemodus umschalten. Dann legen sie sich auf ihre jeweiligen Lieblingsplätze und warten, dass wir sie abwechselnd bedienen. Mit

Kraulen. Zum Dank wird geschnurrt, Köpfchen gestupst und abgeleckt. Genau das richtige für die Seele tierlieber Menschen. Aber der beste Typ überhaupt wäre nicht der beste, wenn er nicht mitdenken würde. Als ich mich gerade zum Verdauen auf einer Bank in der Sonne niedergelassen hatte, kam nämlich eine Tonaufnahme bei mir an. Ich wusste es direkt: Gobbos Schnurren, und zwar genau das, das er von sich gibt, wenn er rücklings in seinem Kuschelkorb im Wohnzimmer liegt und vom besten Typen überhaupt ordentlich den Bauch durchpflügt bekommt.

Ein bisschen neidisch war ich schon, aber gegen das Miezfernweh hilft dann doch auch zu wissen, dass die Miezen bestens umsorgt werden. Abends dann gibt es den Internetanruf mit Bild dank Laptopkamera. Und natürlich sitzt auch Gobbo vor der Kamera, als mein Gesicht auf dem Bildschirm auftaucht. Wobei ich den Rest des Videoanrufs recht wenig von meinen Liebsten sah, sondern nur feuchtes Nasenschwarz – dass ich nicht wirklich im Laptop bin, müssen wir ihm wohl noch erklären.

„Jetzt blätter' endlich um zur interkatzionalen Politik! Oder muss ich Dir dabei helfen, Dosi?"

86. Weniger Wuff, mehr Klassik!

Gucken Ihre Miezen TV? Wahrscheinlich nicht oder nur nebenbei, pflegen viele Katzen doch des Abends wie selbstverständlich den Schoß ihrer Dosis zu okkupieren und die ein oder andere Kraul-Dienstleistung abzurufen, während der Mensch eh gemütlich auf der Couch lümmelt und in den Flimmerkasten schaut. Ein bisschen Entspannung gesteht Katze dem Personal großmütig zu. Aber etwas Sinnvolles nebenher kann es ja trotzdem noch tun, stimmt schon. Aber schauen Ihre Katzen auch manchmal selbst in die Röhre? Was sehen sie am liebsten? Was macht sie nervös?

Dass es im TV verschiedenste Formate gibt, die mal mehr und mal weniger den Geschmack der Menschen treffen, ist ja bekannt. Jetzt weiß ich allerdings auch, dass es Programme gibt, die meinen Miezen die unterschiedlichsten Reaktionen entlocken. Nach Häufigkeit sortiert, weist die Liste der verschiedenen Reaktionen einen ganz klaren Spitzenreiter auf: keine Reaktion. Es ist schon erstaunlich. Wartet das Unterhaltungsprogramm auch mit noch so lauten Explosionen, wildem Flackerlicht oder horrorhaftem Schreckensgeschrei auf – meine Miezen interessiert das nicht. Manchmal schlafen sie sogar auf dem Katzenmöbel direkt neben dem Fernseher ein, während ein Raumschiff das Weiße Haus in die Luft jagt. Schon eher interessieren die beiden wahlweise Dokumentationen mit Tieren oder egal was, Hauptsache mit klassischer Musik unterlegt. Das Tier suchen sie meist sogar. „Ja, wo ist diese Mönchsgrasmücke denn, vermaledeit", denken sie dann offensichtlich, und tapsen den Bildschirm von oben bis unten ab (Oh, da könnte man auch mal wieder Staub wischen). Dann gucken sie hinter den Flachbildschirm. Damit sie nicht frustriert sind, weil sie nichts fangen können, fliegen danach direkt Leckerlis in den Flur.

Nicht nur mäßiges, sondern starkes Interesse verursachte letztens ein Nachrichtenbeitrag zu Kampfhunden. Gobbolino saß entspannt bei mir auf der Couch, ich achtete vor lauter pflichtgemäßem Nebenbeigekraule gar nicht auf das Programm – da sprang der Kleine plötzlich auf alle Viere und ging dann mit aufgedrehten Pupillen in die Position, die ich Lauerkauerstellung nenne. Seine abrupte Aktion erschreckte mich so sehr, dass ich mein Getränk verschüttete. Ärgerlich wandte ich mich zu Gobbo und setzte schon an zu schimpfen – und sah in ein angesichts der im Beitrag immer wieder reißerisch gezeigten aggressiven Hunde in zunehmende Panik versetztes Katergesicht. Schnell verlegte ich mich vom Schimpfen ins Gut-Zureden und wechselte hurtig das Programm. Der arme, kleine Kerl! Schnell den Klassiksender einstellen. Klassische Musik nämlich lockt beide Katzen in die Nähe der Lautsprecher: Zum Dösen. Außer man sieht das Orchester im Fernsehen – denn Violinbögen beim Accelerando bitten mit ihrem Auf- und Abgezitter aus Katzensicht ja gerade darum, gejagt zu werden. Und wieder gibt es Staubpfötchen auf dem Flachbildschirm. Naja, es hat ja auch sein Gutes: Dank des regelmäßigen Pfötchenabdrucktests wird der Bildschirm deutlich regelmäßiger geputzt. Und den Hundeflüsterer gucke ich ab jetzt eben ohne Ton. Auch ein Rabauke hat schließlich Nerven.

87. Spaghetti Katzonara

Katzen, ja, Katzen brauchen nicht so viel Aufmerksamkeit. Nicht so viel wie Hunde zum Beispiel. Denn Hunde sind völlig auf uns bezogen. Katzen dagegen dulden uns nur. Und Katzen, das lasen Sie gerade hier, und das wissen Sie auch sonst aus Film, Funk und Literatur, die brauchen uns kaum, ja, Katzen geben nichts auf unsere Zuwendung, wenn sie nicht zufällig gerade hungrig oder schmusig sind. Und Katzen, die zu zweit sind, die beschäftigen sich ja dann eh miteinander. Spielen zusammen, kuscheln zusammen, raufen zusammen. Und wirft man ihnen ein Spielzeug hin, dann prügeln sie es, ganz Raubtier geblieben, stundenlang durch – und lassen uns Menschen in Ruhe anderes tun.

Haben Sie mir den letzten Absatz abgenommen? Dann sind Sie nicht nur mir, sondern auch dem Klischee ganz ordentlich auf den Leim gegangen. Nehmen Sie es mir bitte nicht übel und vernehmen Sie die Wahrheit: NICHTS. DAVON. IST. WAHR! Wahr ist stattdessen: DIESE. KATZEN. WOLLEN. IMMER. IRGENDWAS! Vor allem im Bereich Spaß und Spiel. Wenn die Erde das Klischee wäre, die Wahrheit über unsere beiden wäre das Raumschiff Enterprise: Unendliche Weiten entfernt, wo noch nie zuvor ein Mensch gewesen ist. Von wegen, sie beschäftigen sich zum Spielen miteinander. Eher prügeln sie sich, und man ist als Streitschlichter gefragt. Und wenn man ihnen ein Spielzeug vor die Nase wirft, gibt es eine von zwei möglichen Reaktionen. Entweder: Die Katze hat nichts erwartet, steigt vor Schreck einen Meter senkrecht in die Höhe und flitzt sodann in irgendeine dunkle Nische der Wohnung. Aus der sie dann kurze Zeit später wieder hervorkriecht, am Spielzeug vorbeischlendert und uns anstarrt, damit wir uns ihnen widmen. Oder: Sie hat es kommen sehen, verfolgt das Spielzeug mit den Augen, bis es zum Erliegen kommt. Und glotzt einen dann verständnislos an. Manchmal drehen sich noch die Öhrchen nach hinten. Das entspricht dann einem skeptischen Brauenheben und dem Satz: „Sag mal, Mensch, was würdest du denn jetzt in meiner Situation machen, wenn wir Plätze tauschten?! Das erwartest du doch nicht wirklich, oder? Ja. Genau!"

Dann beschäftigt sich Mieze so lange ... nein, eben nicht mit dem Spielzeug. Sondern mit Sachen-vom-Tisch-Schubsen, bis eben doch ein Dosi die Katzenangel schwenkt, bis der Arm übersäuert. Was natürlich keine Garantie für enthusiastisch tobende Miezen ist, weil: „Katzenangel? Echt mal, Alter. Was anderes hast du nicht drauf? Das ist so was von 2015! Überleg dir mal was anderes. Ich schmeiß so lange weiter Zeug vom Tisch." Nicht, dass wir nicht gern mit den Miezen spielen. Aber wir würden gern auch dabei mitreden, wann und was. Ein Zufall bescherte uns unlängst aber ein Spiel, an dem alle Vergnügen haben. Ich kochte Spaghetti. Gleichzeitig hantierte der beste Typ überhaupt mit den Näpfen in der Küche. Zufall oder Fügung?

Jedenfalls standen die beiden parat, als mir eine ungekochte Spaghetti aus der Hand driftete und vor Gobbos Nase landete. Der beäugte das Objekt, schubste es und prügelte die Spaghetti zu unserer Überraschung sodann brutal und überaus beschäftigt aus der Küche, wo sie wiederum – zweigeteilt – vor Emmis Nase, die an der Tür lauerte, liegen blieb. Bamm – haute Emmi nach dem einen Spaghettiteil, das wiederum einen Satz machte, Gobbo hinterher. Drollig. Und wunderbar: Eine Spaghetti bescherte fast eine Stunde Spaß und Spiel für beide Miezen. Und das Beste: Am Ende bleibt nicht mal Müll zurück. Denn die Beute wird standesgemäß vertilgt. Bei uns gibt's jetzt öfter Spaghetti Katzonara.

88. Wahlfieber – Emilys Programm

Der US-Wahlkampfkrimi zwischen Clinton und Trump – Schnee von gestern. Der Präsidentschaftswahlkampf in Österreich – abgehakt. Der Wahlkampf in unserem Katzenhaushalt allerdings ist im vollen Gange. Wir haben mit beiden Katzdidaten gesprochen. Den Anfang macht Emily von der MLM (Mitte-Links-Miezpartei), die mit einem dezidiert stubentigerorientierten Programm antritt und im Vorfeld mit einigen Forderungen auf ihrem jährlichen Miezparteitag Furore machte.

Dabei entzündeten sich die Diskussionen vor allem am geplanten Betreuungsgeld für Dosis, die ihre Katzen zu Hause umsorgen. „Es ist eine Anerkennung der Familienleistung, die Dosis erbringen, die ihre Katzen nicht früh in die freie Natur abgeben möchten", argumentiert Emily. Ein weiteres Streitthema: die Flurmaut. „Warum sollen Dosis, die unseren Flur benutzen, nicht mit Snacks dafür zahlen?" Sie ergänzt: „Wir möchten außerdem mehr zur Förderung von Elektrospielzeugen auf kätzischen Laufwegen tun." Während Emily in Sachen Infrastruktur und Verkehr eine eher harte Linie vertritt, zeigt sie sich in der Katzenwohlseinspolitik äußerst katzpromissbereit: „Mit einer vernünftigen Regelung zu einer wohnungsweiten Kratzpauschale gehen wir einen Schritt in die richtige Richtung", so Emily zum radikalen Vorschlag ihres Konkurrenten Gobbolino. Und fügt hinzu: „Wir müssen hier nur darauf achten, dass wir unsere Beziehung mit den Dosis nicht dauerhaft belasten." Ein Katzpromiss gilt hier also als wahrscheinlich, zeigt Emily mit dieser Haltung doch Verbundenheit zur Miezparteibasis, begründet in der legendären Forderung Miezi Brandts: „Mehr Demokratzie wagen" – einem Grundprinzip mit starker Sogkraft in der Mitte-Links-Miezpartei. Auch das Kratzbaum-Sharing will die MLM-Spitzenkatzdidatin weiter ausbauen.

Mit ihrem Spruch „Wir scharren das!" löste sie zu Beginn des Wahlkampfs eine heiße Debatte ums Katzenklo aus. „Wir brauchen endlich eine tragfähige Lösung in Sachen Endlager für radiofäkalen Abfall", fordert Emily. „Da müssen wir schnell in Verhandlungen mit unseren humanen Partnern eintreten. Die Feinstreubelastung in unserer Wohnung muss reduziert werden!" Zudem fordert sie die lückenlose Aufklärung im Pipigate-Skandal. „Hier muss ein Untersuchungsausschuss her", so die schwarze Katzdidatin. Hart zeigt sie sich auch in Sachen TTIP (Tier-Tatzen-im-Pipi-Abkommen): „Das müssen wir auf jeden Fall verhindern!" Den Fäkalmüllausstieg will die patente Mieze übrigens über eine weitere Miezwertstreu-Erhöhung auf 19 Prozentpunkte finanzieren. „Das ist unvermeidbar, um eine saubere Lösung anzustreben", erklärte Emily der versammelten Wohnungs-Presse am vergangenen Donnerstag. Ihr potenzieller Koalitionspartner Gobbolino hat sich in der Sache übrigens noch nicht geäußert. Hier dürften dem kleinen Kater noch heftige innerkatzteilische Diskussionen bevorstehen. Denn Gobbos Partei MSU (Miezlich Soziale Union) agierte in der Sache bisher traditionell zurückhaltend, ganz nach dem prägenden Motto Katzrad Adenauers: „Keine Exkremente!" Dass die beiden Parteien nach der Wahl einen Katzpromiss finden, stufen Experten als eher unwahrscheinlich ein. Der Wahlkampf geht nun in die entscheidende Phase, wobei der letzte Wahlkampfauftritt des MSU-Spitzenkandidaten Gobbolino mit Spannung erwartet wird.

89. Wahlfieber – Gobbos Programm

Wir haben schon viel über das Programm der Spitzenkatzdidatin der Mitte-Links-Miezpartei (MLM), Emily, erfahren. Jetzt kommt ihr Konkurrent Gobbolino von der Miezlich-Sozialen Union (MSU) zu Wort.

Während Gobbolino in Sachen Kratzbaum-Sharing kompromissbereit ist, mauert seine Partei in der Pipigate-Affäre, in der Gobbolino weiterhin jede Aussage verweigert – der Kandidat beruft sich auf die Immunität als ständiges Mitglied des Widerwärtigen Ausschusses. Bisher hatte dies aber keinen Einfluss auf seine Umfragewerte. Einziger Kommentar: „Die Katzen draußen im Lande interessieren diese Wohnhinterzimmerspiele nicht, für die ist entscheidend, was am Ende des Tages hinten rauskommt." Tatsächlich sieht die Zukunft gar nicht schlecht aus für Gobbolinos Partei. Noch holt er eine große Mehrheit der Stubentiger mit seiner Position zur Snackumverteilung von unten nach oben ab – viele Miezen hielten sich schließlich lieber oben auf Schränken, Regalböden oder Katzenrundläufen auf, so der MSU-Spitzenkandidat: „Die Snacks sind für die Katzen da, nicht andersrum, also müssen die Snacks auch zu den Katzen kommen und nicht umgekehrt." Äußerst deutlich machte Gobbolino in vergangenen Wahlkampfveranstaltungen außerdem seine Forderung nach Einsätzen der Streichelwehr im Inneren: „Wer gegen seinen Willen gestreichelt wird, soll sich auch wehren dürfen." Obwohl ihm in dieser Angelegenheit schon mehrfach Miezverhetzung vorgeworfen wurde, dürfte er vielen Fellnasen aus der Seele sprechen. Nur gegen Widerstände der humanen Bürger der Wohnung werden seine Vorschläge zum Dosipfand umzusetzen sein. Kritik erntet Gobbolino auch für seine frühere Mitgliedschaft in der Alternative für Nassfutter, die in der Vergangenheit immer wieder den Snackxit gefordert hatte. Die Zustimmung aller Miezparteien findet dagegen sein Vorschlag, den Kurzhaarfellglanzausgleich endgültig zu regeln. Mit den dadurch gewonnenen Ressourcen will Gobbo die Katzenangel-Fangquoten erhöhen und den Bau einer zweiten Katzenbrücke vorantreiben. Deutlich wird er in der Energieschubpolitik: „Die Verrückte-fünf-Minuten-Hürde gehört abgeschafft. Wir haben ein uneingeschränktes Recht auf Toben, es gehört einfach zu unserer Natur", so der Katzdidat. Mit seinen Aussagen zur Miezpreisbremse sichert er sich außerdem einige Dosistimmen. „Wir freuen uns, wenn dadurch die Tierarztkosten weiter sinken", sagten einige Dosenöffner der Presse. Wichtig ist Gobbolino außerdem die Erhöhung des Anteils erneuerbarer Energiesnacks. In der Außenpolitik verfolgt der kleine Kater die Expansion des Wohnungsterritoriums in den Hausflur. Das Vorhaben steht unter dem markigen Slogan „Türschwelle überwinden". Zu möglichen Koalitionsoptionen sagte Gobbolino: „Mangels gangbarer Alternativen bin ich sicher, dass Emily zu Katzpromissen bereit ist. Schließlich leben wir in einer Demokratzie, deren Grundsätzen – Pack schlägt sich, Pack verträgt sich – alle Katzdidaten verpflichtet sind." In einer möglichen Zweierkoalition mit Emilys MLM könnte Gobbolino Mieznister für Schnurren und Kartons, vielleicht sogar Miezekanzler werden. Natürlich unter Regierungschefin Emily – schließlich ist die allen Bewohnern nicht umsonst allgemein bekannt als „Mutti".

90. Katzen-Karrieristen

Nach dem Brexit-Referendum 2016 trat David Cameron als britischer Premierminister zurück und räumte seinen Amtssitz für seine Nachfolgerin Theresa May. Kater Larry verblieb allerdings trotz Premierwechsel in der Londoner Downing Street. Denn der Kater gehörte nicht etwa dem scheidenden Premierminister. Obwohl Familie Cameron Larry aussuchte. Nein, Larry trägt den offiziellen Titel „Chief Mouser to the Cabinet Office", zu Deutsch: „Oberster Mäusejäger des Kabinetts". Es gibt ein Budget für ihn. Er ist offizieller ziviler Beamter. Larry hat einen wichtigen Job: Mäuse fangen.

Das Amt soll es seit der Regierungszeit Heinrichs VIII. geben. Eine kleine Recherche fördert zutage, dass es wesentlich mehr Katzen in Lohn und Brot gab und gibt, als ich dachte. Zum Beispiel hat sich auf dem britischen Politikparkett auch die Katze Cat Mandu einen Namen gemacht. Denn sie wurde 1999 zusammen mit ihrem Besitzer zur Vorsitzenden der „Official Monster Raving Loony Party" (etwa „Offizielle Partei der rasenden verrückten Ungeheuer") gewählt, die seit 1983 an britischen Unterhauswahlen teilnimmt. Das Amt hatte sie inne, bis sie 2002 leider von einem Auto überfahren wurde. Solche Karrierekatzen, das fand ich heraus, sind außerdem ein weltweites Phänomen. Auch in der asiatischen Wirtschaft gibt es sie. Zum Beispiel die Europäisch Kurzhaar Tama, die auf einem Bahnhof in Japan lebte, bis sie schließlich von der örtlichen Bahngesellschaft offiziell zur Bahnhofsvorsteherin ernannt wurde, nationale Berühmtheit erlangte und sogar einen Assistenten erhielt: Mischling Nitama fing 2012 als Praktikantin an und stellte sich wohl ziemlich gut an. Denn nach Tamas Tod rückte Nitama ins Amt vor.

Aber auch in der digitalen Unterhaltungsbranche machen Katzen heute steile Karrieren. Es gibt ein ganzes (nicht Katzen-, sonder Inter-) Netz voller ambitionierter Entertainer-Miezen. Doch der wohl ungeschlagene Star der Branche ist Grumpy Cat. Sicherlich steckt jahrelanges professionelles Schauspiel und Comedy-Training hinter dem perfekt inszenierten und auf den Punkt ausgeführten mürrischen Gesichtsausdruck. Sie glauben nicht an diese Perfektion? Suchen Sie Grumpy Cat in einer Bildersuche im Browser. Sie werden kein Foto finden, in dem ihm sein Markenzeichen-Schnütchen nicht gelingt. Je länger ich über Karrierekatzen recherchierte, desto öfter wanderte mein Blick hinüber zu meinem Kater Gobbolino, der äußerst faul rücklings in seinem Körbchen über der Heizung döste. Mit Wintersonne auf dem Bauch. Warum hat der eigentlich keinen Job? Lässt sich hier durchfüttern und nimmt alles als selbstverständlich hin. Schlimmer noch: Er hat auch noch Angestellte. Uns nämlich. Der CEO bin ich: Cat Entertainment Officer (Katzenbespielungs-Zuständiger). Der beste

Typ überhaupt, das wurde mir sodann klar, trägt den Titel Feel-Good-Manager (Wohlfühl-Manager). Zu dessen Hauptaufgabengebiet gehört natürlich das Kraulen. Kurz bin ich wütend auf Gobbo. Dann wird mir klar: Eigentlich hat er ja alles richtig gemacht. Höher hinauf geht es gar nicht in unserer Wohnungsrevierhierarchie. Wo ist meine Gewerkschaft?

91. Sie sind schon unter uns!

Nein, nein, ich bin nicht paranoid! Wenn Sie sähen, was ich sehe, würden Sie das nicht behaupten. Nach nunmehr drei Jahren Zusammenleben mit Katzen bin ich mir eben sicher: Aliens haben sie geschickt. Um uns zu beobachten. Die Hinweise häufen sich, und die Katzen sind einfach die perfekten Instrumente dafür. Warum? Sag ich Ihnen.

Da wäre zum Beispiel der Umstand ihrer schon geradezu grotesken Niedlichkeit als Kitten. Kein Mensch kann den mikroskopisch kleinen Pfötchen, dem absurd niedlichen Pieps-Maunzen und dem Anblick des winzigen Fellbündels auf der eigenen Handfläche widerstehen. Beste Voraussetzungen, um als Spione bei uns unterzutauchen. Und später, wenn sie größer sind, sorgt eine geheimnisvolle Macht dafür, dass sie zum Kult werden. Oder glauben Sie etwa ernsthaft, es wäre Zufall, dass das Internet quasi auf einer dicken, fetten Schicht Katzenvideos aufgebaut ist? Sehen Sie! Da haben Außerirdische garantiert ihre Finger im Spiel (oder was immer die sonst an Mitmischorganen haben)! Als ob das noch nicht reichen würde, gibt es noch zahlreiche andere Hinweise darauf, dass Katzen eine zweite Agenda haben. Allen voran ihre Angewohnheit, irgendwo erhöht oder direkt einen Meter vor uns auf dem Tisch zu sitzen, alle weiteren Körperfunktionen außer dem Atmen einzustellen und uns minutenlang einfach nur unhöflich anzustarren. Merkt denn außer mir gar keiner, was hier abgeht?! Ich bin sicher, dass in diesen Momenten ein Außerirdischer auf die Katze zugreift und mich durch ihre Augen beobachtet. Dass Gobbolino zusätzlich ab und zu scharrend die auf dem Tisch liegende Post durchgeht, macht es auch nicht besser.

Aber bei perfider Spionage hört es ja nicht auf. Ich bin überzeugt, dass die Außerirdischen an uns krasse biologische Tests durchführen. Durch die Katze. Da wird mir ganz anders. Eine Forschungsfrage der Aliens ist hundertpro: Wann fängt die dominante Spezies der Erdpopulation an zu bluten? Diese Information ist wohl für die Feinabstimmung der unmittelbar anstehenden Invasion von oben vonnöten. Eine weitere: Lässt sich der Mensch durch bestimmte Signale zu bestimmten Aktivitäten bringen? Das müssen sie wohl wissen, um unsere anschließende Versklavung und Fronarbeit zu organisieren. Wie tolerant sind Menschen gegenüber hygienischen Irritationen? Bei welcher Aufprallkraft gegen die Beine fangen Menschen an zu straucheln? Wie tief schlafen sie, und wie reagieren sie auf Störungen in der Nacht? Sehen Sie? All diese Dinge lassen sich hervorragend durch die Katze testen. Wenn also morgen unbekannte Flugobjekte den Himmel verdunkeln, glauben Sie nicht der Beschwichtigungspropaganda der Regierung. Und vor allen Dingen: Sagen Sie nicht, ich hätte Sie nicht gewarnt! Die Aliens werden uns unterwerfen, zu ihren Sklaven machen und in Arbeitslager sperren. Danach werden Sie zu den Katzen gehen und sie zum Dank für ihre Spionagedienste kraulen. Und dann werden die Katzen ganz süß den Kopf ein bisschen schräg halten und absurd niedlich maunzen. Und die Aliens werden sich ihnen dann unterwerfen und sich fortan glücklich wähnen, den erhabenen Katzenwesen als Dosenöffner dienen zu dürfen. So wie zuvor wir. Ob die Rechnung der Katzen aufgeht, ist trotzdem noch nicht ausgemacht. Das hängt davon ab, mit was für Mitmischorganen die Aliens ausgestattet sind. Mit Tentakeln lassen sich schließlich keine Dosen öffnen. Die Wahrheit ist irgendwo da draußen.

„Das Leben und dazu eine Katze, das ergibt eine unglaubliche Summe, ich schwör's euch!"

(Rainer Maria Rilke)

Nachwort

Liebe Leser! Ich hoffe, Sie hatten Spaß an unserem Weg ins Katzenelternleben. Wahrscheinlich sind Sie auch längst auf die Katze gekommen. Sonst hielten Sie mein Büchlein sicher nicht in der Hand. Ansonsten ist es hoffentlich spätestens jetzt um Sie geschehen. Vielleicht denken Sie also darüber nach, eine (weitere?) Samtpfote aufzunehmen? Das wäre wunderbar! Gehen Sie ins städtische Tierheim oder zur örtlichen Katzenhilfe. Besuchen Sie die Miezbewohner. Lassen Sie sich Zeit. Geben Sie auch verschreckten, älteren oder schüchternen Samtpfötchen eine Chance. Schüchtern wie unsere Emily zum Beispiel. Sie ist kein Schoßkätzchen. Aber Sie haben es ja gelesen: Jetzt fordert sie Streicheleinheiten mit Vehemenz. Ihr Vertrauen ist ein riesiger Erfolg. Gobbolino war als Baby krank. Und obwohl es schon schlecht aussah, ist der kleine Mann nun gesund, lebt ein feines Katerleben und bereichert unseres. Also wenn er gerade mal nicht irgendwelche Schandtaten plant.

Was ich eigentlich sagen will: Für ein Kätzchen zu sorgen ist nur ein Teil Ihres Lebens, meist ein schöner. Das liebevolle Zuhause jedoch, das Sie bieten, bedeutet die ganze Welt für Ihr Kätzchen. Machen Sie es gut!

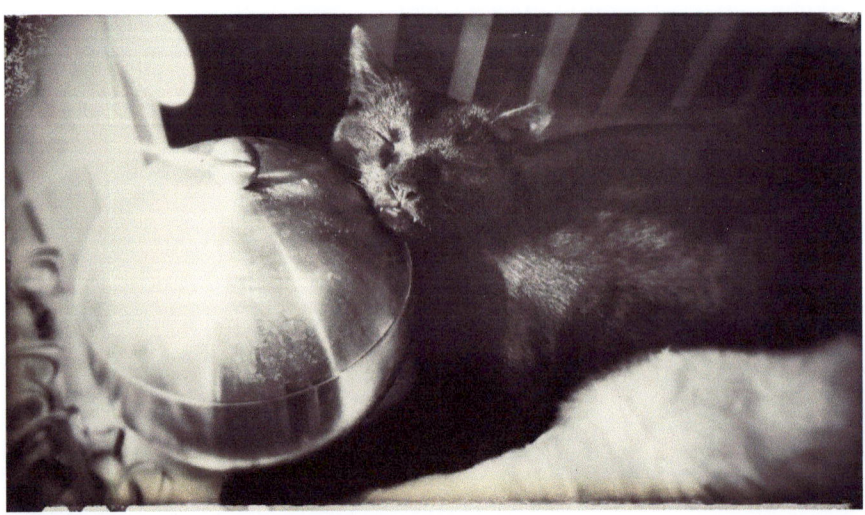